自然公園048

大自然嬉遊記

洪瓊君——著

晨星出版

【推薦序】尊重生命／**吳錦發**／8
【再版序】吾家有女初長成／**洪瓊君**／11
【初版序】生命中的綠色精靈／**洪瓊君**／15

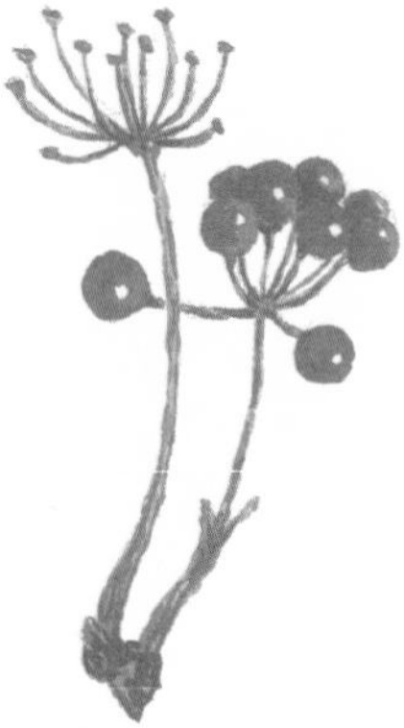

卷一 走入自然

到野外上課去／22
發現／28
安靜／32
謙遜之心／38

CONTNETS

觀察之必要／43
隨自然而行／48
和大自然自由玩耍／54
種子教育／63
樹上有隻奇怪的蟲／68
大自然的魔杖／71
楓香，對不起！／74
以自然為師／77

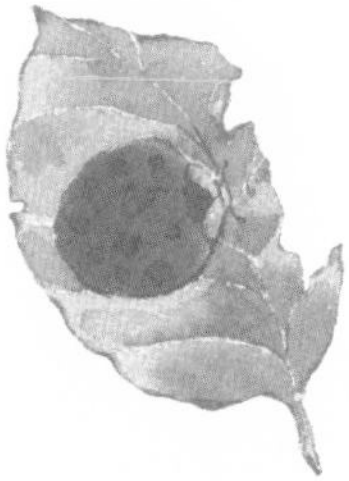

卷二 發現自然

跪下來，不然會錯過花香／84
原來生命無所不在／88
打開新視野／91
幫小花取個名字吧／95
種子的奇幻之旅／99
靜獵／103
金午時花上的蜘蛛／107
琉璃秋光／112

卷三

感官之旅

小偵探的自然遊戲／118
尋訪山中的聲音地圖／122
繪製一張聲音地圖／126
心的聲音地圖／129
氣味之旅／132
嚐野果／136
蛙鳴百轉／140
用身體與自然對話／143
把春天吃到嘴巴裡／147

卷四　沙卡的故事

遇見沙卡／152
竹林中的對話／155
養蝶記／158
灰胸秧雞和翠鳥／162
六月，小鷺鷈／168
螳螂記／173
白頭翁／182
生命花園／189
那條溪像巧克力牛奶／196
八代灣尋龜記／201

他們喚我「泥泥」／210

卷五　觀察一座城市

都市自然觀察——從一棵樹出發／216
和樹交朋友／222
樹的語言／226
上山種樹／231
尋找城市中的一條河／236
陪孩子一起走入自然／242
樹的親密朋友／246
再見，城市野地／250

推薦序

尊重生命——序洪瓊君《大自然嬉遊記》

吳錦發

洪瓊君是我在國語日報高雄語文中心共事的老師，由於我們共同對大自然的愛好，自然成為無話不談的好友。

有一段時間，她負責荒野協會高雄地區的事務，我則衷心於柴山自然公園的創建，我們經常就有關生態保護的問題互相交換意見。

洪老師是個心思細膩的人，我尤其欣賞她「即知即行」的行動能力，在台灣「關心生態」的人很多，但是真正有行動力量的人卻很少，洪老師是少數我所看過的既謙虛又肯腳踏實地工作的人。

在我和她經常交換看法的討論中，我們共同的結論是：台灣目前環境破壞之所以會如此嚴重，最根本的原因還在於，我們的人民普遍對生命缺乏「痛感」，隨意踐踏生命、摧殘生命，而無法覺知「生命上所遭逢的痛」！

二十世紀最偉大的植物家貝林曾說過這麼一句話：「教育終極的目標就是對生命保持敏感。」「敏感」的意思就是對周遭「眾生」喜、怒、哀、樂，痛苦或幸福都能準確地「感同身受」。我和洪老師都共同感覺到，我們的教育，自小就缺乏「生命教學」，因之，我們的孩子成長之後，他們可能很有「知識」，也可能在事業上很有「成就」，但是沒有「慈悲」，這一切又有什麼意義？大約在五年前，我讀了自然教育家柯內爾的書深受感動，我介紹洪老師也唸一唸，她也受到了撞擊。柯內爾對「自然教育」非常重視，鼓勵孩童用身體去感知大自然，或者甚至就用身體行動去模仿大自然，以促進孩子們對自然事物的感情和認同。

後來，我和洪老師共同在國語日報語文中心開創了「自然寫作」的課，幾年下來，我們累積了很多珍貴的教學經驗。我一直鼓勵她將這些記錄下來，就如前述的，洪老師是一個「即知即行」的人，不久，她交給我這本書的稿子，我在鼓勵之餘，將之推薦給晨星出版社出版。

這是一本智慧之書、慈悲之書，更是教導兒童「自然教學」最好的參考書，是為人師表，或為人父母者不可不唸的一本好書，是為之序。

再版序

吾家有女初長成

洪瓊君

前一段時間，中國大陸的讀者來信欲訂購一批《大自然嬉遊記》，出版社才發現已經沒有庫存了。於是，十八年後，我生命中的第一本書——《大自然嬉遊記》如吾家有女初長成般有了新面貌與世人見面。

《大自然嬉遊記》初版時，正好作為我大女兒采悠的週歲禮物，今年，她十八了，《大自然嬉遊記》也將以全新面貌出版，正好送給大女兒采悠作為成年禮，多美麗的巧合！十八年，台灣整體的自然的、環境的、教育的生態都有巨大的改變；而我個人的生命也在這十八年中發生巨大的震盪。驀然回首，總有人面桃花的錯愕與感傷。但，慶幸的是，文字書寫記錄下來那段已消逝的年代。

回頭重溫書寫生涯的第一本書，有多重的感動，感動那二十多歲的年輕生命的勇敢無畏，衝撞體制與惡質教育的自然的環境的生態，用相機用文字用行動，創造歷史；感動那二十多歲的年輕生命在大太陽底下，只戴頂圓帽，短袖短褲，什麼隔離霜、防曬油都沒擦，就一整個早上、一整個下午趴在人行道上的行道樹下、或安全島上的一小片綠地、或城市中一小畝野地上微觀草花和小蟲的那個癡；感動那二十多歲的年輕生命謙卑地跪地聞花香、伏身領受大自然奇蹟的那個細；更感動的是那二十多歲的年輕生命初生之犢不畏虎，憑著一股莽勇帶著城市小孩在城市野地水裡來山裡去到處闖，渴望與人分享、渴望栽下改變的種子、渴望從心出發向大自然學習，進而改變整個教育體制的那個熱。

慶幸的是，二十年回首望，那個癡、那個細、那個熱，都還在，還在這個未被軀殼與現實磨蝕盡的靈魂底。

《大自然嬉遊記》，對我個人而言，是別具意義的，不只因為她是我筆下生出的第一本書，不只是她還是我寫的書裡銷售最好的，也因為她的青澀熱血與珍貴，在我書寫與教學生涯裡，有著無可取代的重要性。《大自然嬉遊記》，對台灣自然教育界而言，也是珍貴且重要的，對於台灣從體制外走進體制內的自然生態教學與書寫，《大自然嬉遊記》的經驗，仍是先驅與獨特的，這本書已有四篇文章收錄於國中小的教科書中。只是，要跟新舊讀者們說聲抱歉，這幾年幾度遷徙，些許照片、記憶，或有遺失，包括這本書的所有插畫，所以，再版時，出版社只能以套色方式，將插畫改成淺金色的懷舊氛圍。幸好，攝影照片或尋獲，或找到其他照片取代，除少數散佚外，大多以全彩面貌出版。

最後，寫於再版前，感謝晨星出版社的用心；感謝吳錦發老師當年的催生，他現在在南方繼續擴大深耕他的文化使命；仍要感謝王家祥先生當年讓這些文章有機會見報，也給予我很多寫作的意見；還要感謝，在這些文字還是寫在稿紙上時，與我坐在一家速食店的徐仁修老師，埋首展讀我的這些文字，驀然抬頭對我說：「我要不是看準你未來會成為一棵大樹，我才不會浪費時間和你坐在這裡。」記得，南方大城的陽光直辣辣地穿透玻璃窗，那日光暖暖地一直存在生命底，給予能量生長。二十年後，我是否已長成一棵大樹，在台灣這塊土地，老老實實奉獻我的歲月？

初版序

生命中的綠色精靈

洪瓊君

一九九六年，我在春天的思源埡口和一群陌生人進行我生命中的第一次自然觀察體驗，在那群陌生人中我只識得兩個人，一個是和我一同參加活動的友人——惠宜，另一個是帶隊解說的老師——徐仁修先生。所以認真說來徐仁修先生算是我入門自然觀察的啟蒙老師。

在那次自然體驗中，讓我轉變了原有的習慣，原來徜徉於自然景致裡不僅只有「我見青山多嫵媚，料青山見我亦如是」的詩情，還有許許多多微妙的生命和我同在一個空間裡認真而自在地存活著。

那是何其豐富的視野，只是我從不曾打開那扇視窗。

其實我原本就是個愛山成癡的人，在與思源埡口相遇之前，我已持續了幾年的流浪生活，起初是因為田野調查的工作，而在城市與鄉鎮、山林及海島之間輾轉遷徙。後來，流浪成了生命中的定律，我不斷地一個人流浪在不同族群的部落間，尋找部落的臉譜和一個可以安身立命的處所。

直到那一年的春天，自思源埡口回到這個前後居住了十八年，卻仍不太熟悉的城市，生命便有了一次轉折。

我開始放慢流浪的腳蹤，揹著相機尋找文明中的荒野。很快地我便領略到在城市中即使是一片荒草地、一個水池、一座小小的安全島，甚至是一棵行道樹都是自然生命精采演出的舞台。

而一次又一次與城市野地直見性命的心靈交會，也讓我覺得這個城市似乎不再那麼面目可憎了。

那段時間，我除了鎮日遊山玩水、寫稿之外，還有一個主要的工作，就是在語文中心教小朋友寫作文。當時，我為了給自己更多的時間和空間，正準備離開語文中心自己開設私塾式的作文班，而我的自然觀察經驗給了我一個靈感，何不把這些美好的事物與我的學生一同分享呢？

於是，我的自然寫作班就這樣開張了。

也就是在那段期間認識了作家吳錦發先生，他是環保運動及自然戶外教學的前輩，他給了我很多自然寫作教學的示範和意見，同時也與我分享很多他的祕密花園，後來這些祕密花園都成為我戶外教學的地點。

幾年來，我和孩子們的足跡遍及城市的每一處荒野地。我們在夏日的午後循著蹄印追逐羊群的蹤跡；一同在豔陽下等待一隻魚狗的出現；也曾在雨中穿著雨衣看雨點在水面上跳舞，用雙手抓蝌蚪和小雨蛙；我們還曾經在雨後的草地細數迸出泥土的生命；也曾一起蹲在夜色中就著手電筒的光束觀看蜘蛛打敗獵物、啃噬獵物的好戲……。

這些深刻的生命經驗，我和孩子們都會記得，就像經過一棵細葉欖仁時，孩子們會大聲說：「老師，我們上次不是在這棵樹上發現綠繡眼的巢嗎？」

令人心急的是我們的腳步不能停下來，因為城市野地一直在急遽地消失當中——草原被剷平，羊群消失了；鳥況豐富的內惟埤為了停放幾輛台汽客運的車子也被填平了（它是這座城市裡唯一的一塊溼地，我紀錄到二十餘種的鳥類在溼地中生存，它是住在這個城市的人最毗近的賞鳥地點）；還有半屏山持續被挖空、榮總醫院旁的愛河段是愛河唯一的一段自然河道，現在命運岌岌可危……。我們必須加緊腳步走入城市荒野，因為我們是和文明急遽發展（也等於是毀滅自然）的速度賽跑。

這本書的完成要感謝許多人，感謝台灣時報兒童版的主編黃淑英小姐及中國時報親子版主編的邀稿和鼓勵，讓這些文稿有更多的發表空間。感謝作家徐仁修先生、王家祥先生及吳錦發先生給予我很多文學寫作上的指導，尤其要感謝吳錦發先生的熱心催生，讓這本書得以出版。

另外，要感謝符寧馨小姐充滿童真和想像力的插畫，豐富這本書的畫面。事實上這本書是我的學生及我的導師——大自然共同參與完成的，我只是一個記錄感動的人。

希望這本書是顆小小的奇幻種子，在讀者心中變成綠色精靈，喚起更多的人帶領自己的孩子，一同走入這片充滿愛和感動的森林。

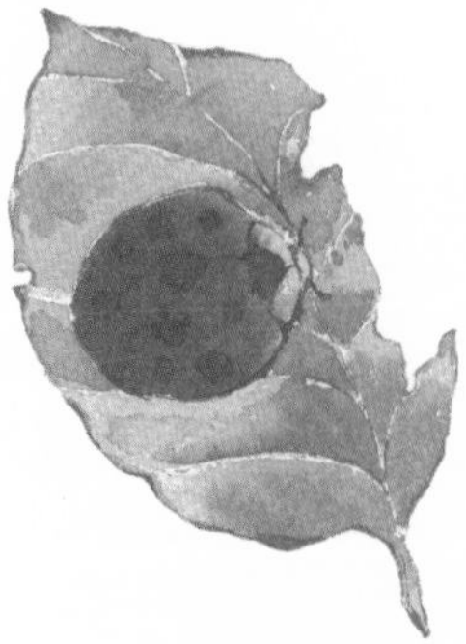

卷一

走入自然

孩子的靈魂和身軀，比大人還要接近土地；在大自然裡，我跟孩子不再是老師和學生的關係，我們一齊向大自然學習，從發現生命的驚奇中一同感動。

到野外上課去

冬日颯寒的冷風，不斷將河中布滿油汙的臭腥味撲送入我靈敏的嗅覺裡。這一條曾經耗費鉅資整飭的港都市河，以迅雷般的速度恢復其汙濁惡臭的本來面目。當我向學生們轉述這條河曾經有過情侶偕行河畔，遊人在河上行舟，河水清清如許的歷史，學生們無不瞠目結舌，認為我所說的，不過是一個神話，港都的神話。

不管河水穢濁，令人作嘔，自然界的生物仍在你想像不到的角落生存。

種植黑板樹林的草地上，草皮泰半已乾枯，磨盤草的果實有瓢蟲拖曳其深色的卵攀沿游走，這景象和前幾日在高屏溪口發現以枯寂形式渡過冬日的印度田青枝上，也有數十隻的瓢蟲各據一方產卵相同。選在萬物沉寂、百籟蕭條的季節繁衍種族，是一種特立而令人欣賞的智慧。

草皮的另一端，四隻雄紅鳩，兩隻雌紅鳩，擺著肥臂尋找草地中成熟的穗實飽餐，不知牠們是已十分習慣呼嘯身畔而過的車囂，和都市中的各種噪音及氣味？抑或是太過飢餓，而對於這塊領域中出現的異類如我毫無警覺，並且無視我一步步地靠近。

不過，我仍在一定的距離之外停住腳步，坐下來用心觀察，我無權過分滿足自己純粹的好奇，而干擾牠們的活動。黑板樹此時節纍結纖細的長豆莢，如垂掛青翠細緻的長耳環，迎風輕輕款擺，盪漾流動的綠波，溫柔撫慰我易躁的心。

柴山戶外教學，孩子們正認真地做筆記。

幾乎禿裸的刺桐枝枒上，看見紅螞蟻和介殼蟲共生的景象，介殼蟲吸食樹液，並分泌營養物供螞蟻為食，而紅螞蟻也擔負守衛介殼蟲的工作，使其免受其他蟲類的威脅。自然生態中自得平衡與和諧的方法，值得人類學習，然而在升學主義的教育形式，這一環節似乎是忽略的。就像在公園一隅，約七歲大的孩子正恣興撕扯，甚至連根拔起貼著泥土生長的野草，並且手持枯枝鞭打那叢野草，他不知道這無意的行為，卻會造成另一種生命的死

亡。他的家人坐在遠遠的地方看著他，並未阻止他。於是，我走向前輕聲告訴他，這是不對的行為，他嚇了一跳跑開了。

尊重生命是一個重要的學習課題，所以我帶學生們到草地來，讓身體與草地直接接觸，躺下去，讓整個身體浸滿甜沁的草香。傾聽樹的聲音，用另一種角度仰視萬物，黑板樹的長豆莢似南國熱情女郎大跳草裙舞；陽光自翻飛的烏桕紅葉間灑下，如頑皮的小逗點……。

從觀察自然中的生物，體悟萬物皆有生命的道理，也改變了一些行為。有學生告訴我，現在他們已不再隨意摘折花葉，因為怕會聽見葉兒喊痛的聲音。幾年來，我不斷帶領都市的小孩重返自然，觀察自然，潛移默化中，我和孩子都得到不少啟發。

這一季的冬天也過了一半，公園裡處處生機，誰說冬天是冷酷無情，萬物沉睡的呢？

發現

我喜歡獨自一人安靜地走進一片樹林或一塊荒野地，心思靈敏而專注的，以目光靜獵。

我總是為了端詳一朵花或一顆果實細緻的構造及飽滿的色彩，跪在泥土上，幾乎貼近地面的姿勢，然後意外地發現停在葉末像一枚小亮片的綠色小蟲，或是落在針一般纖細而狀如燭台的山葡萄花托上一粒渾圓剔透的小水珠。

走近一塊綠意盎然的小池塘，張開耳朵諦聽最後一季淒烈的蟬

台灣百合綻放於山巔水涯，是春天最浪漫的訊息。

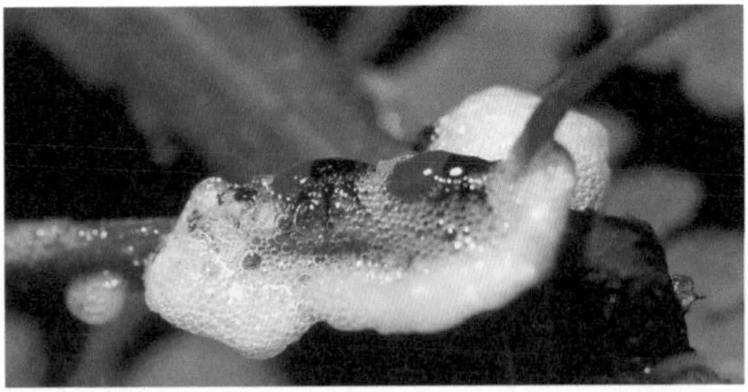

泡沫蟬躲在一團白沫中，掩人耳目。

音。面對一棵鳳凰木，似瀏覽一幅好畫，細細端詳其肌理，發現一枚垂在粗壯的枝椏下，與樹幹同色，不及一粒小橄欖籽的避債蛾繭，等待羽化。

草叢中，水塘裡更是生機盎然，蝗蟲、蜻蜓快速地移動，水黽是技巧高超的水上舞者，一隻落水瀕死的熊蟬，以仰泳的姿勢優雅地浮在水面上，等待死亡。

獨自走入自然，以目光及專注的心靜獵，無處不是新奇的發現和感動。

帶學生走入我的祕密花園，是另一種分享的喜悅。要一個孩子完全沉澱心情，保持沉默與自然相處是很難的，更何況是一群小孩。但我仍是喜歡和學生們一起玩「發現」的遊戲，他們縱使很難安定下來，卻總能極敏銳地發現停在葉背的一隻浮塵子，或在蓮葉上交尾的藍色豆娘，甚至是藏得極隱密的一隻黑眶蟾蜍。

孩子的靈魂和身軀，比大人都還要接近土地。

在大自然裡，我和孩子們不再是老師和學生的關係，我們一齊向大自然學習，從發現生命的驚奇中一同感動。

只要尊重，並且身體力行大自然的法則——
兩眼望天而希望春天來臨的人，從未看到如草花這麼小的東西。
兩眼下垂而對春天失望的人，不自知的把它踩在腳下。
而雙膝跪在泥土上去尋找春天的人，則會找到更多。

——阿道・李奧波

我願意是那個雙膝跪在泥土地上尋找四季、發現生命的有福氣的人。

安靜

我喜歡一個人放輕腳步在山林中漫步，並且安靜地觀察野生動物的形跡及動作。每次當我近距離地和野生動物相遇，甚至讓牠們無視我的存在時，內心總會湧起一份幾近屏息的狂喜，這種經驗也讓我獲得很大的樂趣。

有一次在半屏山看見一隻攀木蜥蜴正咬著一隻尖頭蚱蜢，迅速地爬上稜果榕的樹幹；當牠發現我時，立即停下腳步，似乎在等待我的下一個動作。

我彎著身子，輕輕挪動腳步，趨前為牠拍了幾張相片後，便停止動作，靜靜地觀察牠如何咬碎口中的尖頭蚱蜢。牠似乎被我震懾住了，始終停在原地不動，只是偶爾嚼動嘴巴，用齧齒迅速將蚱蜢咬碎。只見牠咬咬停停，小心翼翼，不時瞪大了眼，轉動牠三角形的尖頭，那模樣有趣極了。

我整整和牠「對峙」十分鐘之久，最後我向牠舉白旗離開，而牠仍舊保持右腳彎曲，左腳開開的姿勢，攀在枝幹上。

還有一次在半屏山頂，一隻野鴿自薄暮中朝我的正前方飛來，最後降落在距離我兩公尺近的鬼針草叢間啄食。我興奮地蹲下來，用相機捕捉牠脖子一伸一縮的走路姿態，我安靜而謹慎地靠近，牠完全無視我的存在，有時還伸長牠藍色的頸子正對著我……。

鳥類是警覺性極高的動物，要近距離地觀察牠們是很不容易的事。

只有一顆安靜、靈敏的心才能發現
出現在暮色中的攀木蜥蜴。

每一個人和野生動物相遇時，都會產生一種奇妙的情愫，尤其是當牠們愈靠近時，感覺愈強烈。只是，人類魯莽的行為，往往驚擾了野生動物原來的動作。

如果你學會北美的印第安人「靜獵」的方法，安靜地與大自然相處，讓大自然在你身旁恢復和諧的運作，你將會從大自然中獲得莫大的啟示和樂趣。

岩石無言，卻默默
訴說無盡的故事。

謙遜之心

正午時分，我帶著一群小學生來到一個水鳥出沒頻繁的水塘，準備進行一次野外賞鳥課程。也許是時機不對，陽光太強，鳥兒都躲到樹叢底下休息，不肯出來。

枯候多時，我只好無奈的宣布：「今天運氣不好，鳥兒都躲起來了，你們要不要試著祈禱？」話一說完，其中一個孩子就認真的念念有詞：「鳥哇！鳥哇！我們真的很想看你，拜託你出來讓我們看，好不好？」其他的孩子也紛紛仿效，低聲禱告著，然而水面除了寂寂波光，半隻鳥影也不見。

我們遺憾的決定打道回府，就在轉身的剎那，一隻魚狗從我的眼角餘光掠過水面，停在對岸一顆欖李樹上。我興奮的低喊著：「看到了嗎？那是一隻翠鳥，翡翠科，嘴巴很長，頭頂到後頸是暗綠色，背部到尾端有耀眼的藍色光澤。因為牠很會抓魚，所以又稱『魚狗』。」

十幾個孩子陸陸續續用望遠鏡瞄準翠鳥，不停的讚嘆翠鳥那一身華麗的彩衣。翠鳥似乎聽到了孩子的讚美，倏忽振翅疾飛，如一顆藍寶石劃過粼粼水波，正面停在距離我們更近的枯枝上，有些眼尖的孩子不禁低聲喊著：

「我看到牠胸部下面是橘紅色的。」

雖然我已經看過翠鳥多次，卻從未見牠在同一地點停留這麼久。

在我們離去以前，性喜隱蔽的黃小鷺、紅冠水雞都像和我們道別一般，出現在這片被人們遺忘的水塘中。

另一次，我帶著同一群小學生探訪涼山森林步道。回程的途中，孩子興奮的指認上山時看見紅嘴黑鵯的地點。草叢中突然同時竄出兩隻攀木蜥蜴，其中一隻嘴裡叼著綠色的東西，細看才發現是一片葉子。另一隻喉部白斑鼓得脹脹的，兩相對峙，氣氛顯得劍拔弩張。孩子都噤聲不語，並且在我的手勢指示下，有默契的蹲下來，靜觀這場攀木蜥蜴之戰。

兩隻攀木蜥蜴亦步亦趨，威嚇大於實鬥，不知道是前者侵犯了後者的領域？或是為了食物而爭？

攀木蜥蜴對峙很久，未見有進一步的動作，其中一個孩子忍不住輕聲的說：「看來攀木蜥蜴打架，只是嚇嚇對方而已。」

我趕緊抓住機會教育：「你們看，攀木蜥蜴比人類理智多了，不會動不動就殺個你死我活。人類有許多行為，實在需要多向自然界的生物學習才對。」

後來，兩隻攀木蜥蜴先後遁（應該說是「追逐」）入草叢中，為我們那趟涼山行畫下難忘的句點。

先知布恩曾經說過：「具有孩童般謙遜之心的人，才能重新找到尊敬與親近萬物的鎖鑰。」在我的經驗裡，面對萬物如果能夠誠心讚美，大自然總會有好的回應。

有一次，我帶著黃雲、明哲兩個小男孩，要到橋頭鄉間尋找螢火蟲。那天黃昏，天空飄著綿綿

雨絲，十一歲的黃雲不抱希望的說：「我們一定找不到螢火蟲的。」

於是我把以前美好的經驗告訴他，並且對他說：「只要心誠，螢火蟲感受到了，也許就會飛出來讓我們看喔！」

黃雲聽了，很不以為然的回答：「算了吧！怎麼可能？」

八歲的明哲看見黃雲的反應，很沮喪的對黃雲說：「你對螢火蟲這麼不尊重，牠不會出來給我們看了！」

那晚，我們並沒有找到螢火蟲的蹤跡。

這兩個不同年齡的孩子的思考方式，不正反應了台灣現今教育的趨勢嗎？在孩子的成長過程中，我們的教育似乎總是偏重於知識技能的灌輸與強化，反而忽略了萬物一體，傾聽自然與自己心靈聲音的感性啟發。童真的想像力消亡了，住在美麗的福爾摩莎之島卻視而不見，多麼可惜呀！

不知有誰願意一同來重拾親近自然的這把鎖鑰？

觀察之必要

得過諾貝爾物理獎的費曼博士，在他小時候發生一段觀察鳥類的故事：

費曼小時候，紐約人很喜歡到凱茲奇山區（Catskill Mountains）度假，他們全家人也常去，他的父親只有週末在那兒，週一到週五要回紐約市工作。在週末的時候，費曼的父親會帶他到樹林裡散步，講解樹林裡的生態妙趣給他聽。有些小孩的母親看到了，認為值得仿效，就鼓勵自己的丈夫帶孩子去散步，可是他們不大樂意，轉而央求費曼的父親帶他們的孩子同行。費曼的父親不答應，理由是他只跟費曼有特殊關係。結果其他孩子的父親只好在週末帶著自己的孩子去散步了。

到了星期一，那些父親回到城市上班，小孩聚在一塊玩耍，其中有一個小孩子問費曼：「看到那隻鳥沒有？那是什麼鳥？」費曼答：「我不知道那是什麼鳥。」

那個孩子說：「那是棕頸畫眉。看來你爸爸什麼也沒教你！」

事實正相反。費曼的父親教過他：「看到那隻鳥沒有？那是一隻會唱歌的鳥。在義大利文、葡萄牙文、中文、日文裡，牠各有不同的名字，就算你弄清楚牠在全世界的稱呼，你對牠仍然一無所知。我們不如來看這隻鳥在做什麼，這比較重要。」所以費曼很小就知道，記誦事物的名稱並不是真正的知識。

然而，在我們求知的過程中，卻很少有主動觀察的習慣。我帶學生去撿化石，孩子顯得興致高昂，每撿一塊石頭就迫不及待跑來問我：「它是石頭還是化石？」起初幾次，我會和孩子一起觀察分析，從石頭上的孔洞、紋路、色澤，甚至一些特殊形狀的痕跡來判斷，它是哪種珊瑚化石、生痕化石（生物走過或居住過留下的痕跡）或是螺、貝類的化石……。但是說明幾次以後，我就要求孩子先自己判斷，不要急著從我身上問出答案。他們當然很不習慣，因為平日沒有這種訓練方式。

回教室以後，我要他們為自己撿來的化石取名，於是「無尾魚」、「無底洞」、「長槍」、「海浪」、「金色神龍」、「山豬頭」……有趣而耐人尋味的名字紛紛出籠。因為是自己用心觀察苦思出來的名字，他和化石之間就有了另一層親近的關係。

冬季，我時常帶學生到西部沿海，去尋找冬候鳥的蹤跡，當我架起高倍望遠鏡，瞄準水鳥以後，就讓孩子排隊，透過望遠鏡觀察水鳥。由於不熟悉望遠鏡的操作，孩子總要花很長的時間讓眼睛對準焦距，然後用不到三秒鐘的時間看一隻鳥。

「我看到環頸鴴了。」孩子斬釘截鐵的說。

「牠是什麼顏色的呢？」我問。

「灰灰的。」孩子顯得有些印象模糊。

「牠的腳是什麼顏色？頸子上有何特徵？看得到嘴巴嗎？牠在做什麼？」面對我一連串的問題，孩子大都無言以答。

於是我請他回到望遠鏡前面，再仔細的去觀察。

大多數的父母和教育者，往往只是要孩子記住許多名詞，卻忽略了觀察和理解的重要。如果只是記住事物名稱，這樣的認知實在是毫無意義的——在我的教學過程中，我經常這樣提醒自己。

隨自然而行

幾年前，我開始嘗試打破在水泥牆中憑空想像的寫作教學方式，而將教學場域自室內拉至戶外，帶孩子們坐在草坪上仰望藍天，看風把雲雕塑成什麼模樣；去看一棵樹，尋找依樹而生的各種微小而令人驚奇的生命，嚐一嚐大自然豐盛的野味，實際觀察人類與自然息息相關的生態——我想讓孩子從直接體驗中激發對生命的敏感度和豐沛的創造力。

不過因缺乏經驗，起初一個人帶領十多個孩子做戶外教學時，我總是擔心知識給得太少，也擔心安全方面照顧不周，只要有孩子不慎受傷，都會令我十分緊張而懊惱，加上孩子們對於戶外教學的新奇感和陌生，往往如同脫韁野馬滿場飛，卻一無所獲。

要引領一群生活與自然脫節的都市小孩進入大自然的殿堂，這其間是須經歷許多挫折的。

漸漸地，我從經驗中摸索竅門，調整教學方式，讓自己從發現者和解說者的身分釋出，而多和孩子們分享。

我開始把腳步放慢，讓孩子自己去發現。

有一次，我們在柴山上一塊落雨後積水的窪地前逗留了一小時之久，從一個孩子用望遠鏡發現白頭翁飛入水中翻身洗澡開始。其他人也陸續發現好幾種蛙類及水蛇，還看到白頭翁曼妙的求偶舞——因為那是一個廢棄的攔沙壩，任雜草叢生，我們可以居高臨下地觀察；也因為積水形成豐富的生態，讓我們流連忘返而必須放棄原來

隨自然而行，讓孩子直接體驗大自然的躍動，一趟自然之旅收穫必然精彩。

預定的行程，不過收穫卻是超乎預期的精采。

有時候當我忙著講解一種生物或一棵植物的生態時，小孩子的目光會突然被其他有趣的事物吸引而分心，我通常不會執著我要說的事，反而加入孩子發現的事物中，和他一起分享。

一回，我正口沫橫飛解釋黑板樹下新冒出來的白色饅頭一般的蕈在生態上扮演的重要角色時，其中兩個孩子反而將頭仰得高高的，極其安靜而入神的姿態。我問他們看見了什麼？其中一個孩子緩緩

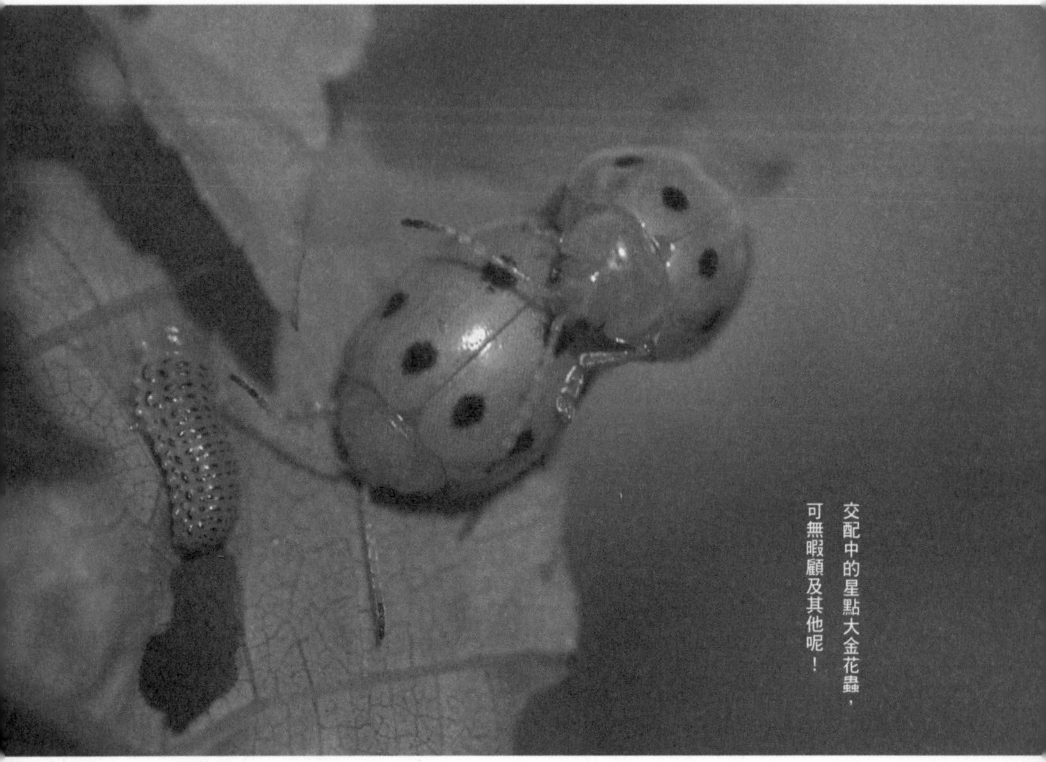

交配中的星點大金花蟲，
可無暇顧及其他呢！

地指著樹上說：

「那兩隻麻雀好像在交配。」

我們隨著他手指的方向看去，只見其中一隻麻雀十分靈巧地靠上另一隻麻雀的背，瞬間兩隻麻雀紛紛飛起，一隻在後面追的我們猜牠應是公鳥，而我也忘了之前口沫橫飛說了些什麼話。

曾有家長向我反應，希望戶外教學能有時刻表的規劃，幾點到幾點做什麼活動清清楚楚，但我並未採納。大自然瞬息萬化，經常不按牌理出牌，而我也從中學到了隨自然而行的道理。短短兩、三個小時的野外觀察，若是汲汲趕路或刻板地按照事先規劃的行程教學而不知變通，那麼「入寶山而空手回」的遺憾，便不知有多少了！

和大自然自由玩耍

這一、兩年帶學生做野外教學的經驗發現，小男生的親水性相當強，只要讓他們看見一彎淺淺的溪流，甚至是一條充滿泥濘的小河，都會讓他們躍躍欲試，充滿下水玩耍的衝動。而這份衝動往往會被家長理智地抑制掉，擔心孩子把身體弄髒、把衣服弄溼，甚至感冒……。

其實，我覺得在很多時候大人總是擔心太多了。我常想，玩水到底有什麼不好？

有一回我和沙卡小學的學生在六龜山區迷路，怎麼也找不到曾老師的朋友家，於是我們決定停在一條溪流旁野炊，四個小女生自願做飯，而其他小男生早已脫得剩下一條內褲，跳進那條淺淺的、濁濁的溪水中大玩特玩，有的鼓動手臂濺起水花，有的互打水仗，有的忙在石縫中尋找螃蟹、抓蜻蜓，那副完全投入玩耍的神情，真叫人羨慕。

後來，有一個學生發現溪流旁邊的紅色山壁是一種具有黏性的黏土，於是抓了幾塊岩石混水做成顏料，將身體塗滿紅土，變成極佳的偽裝色，其他的孩子看了也馬上仿效。有人把紅土塗在屁股上說他拉稀了，有的孩子互相在對方的肚皮、胸部畫鬼臉，充分展現了在遊戲中激發出來的創意，而這樣自然的創意是在大人的讚美及未加干預的情況下所產生的。

中飯做好時，我們把孩子叫上岸來，每個人換上預先準備好的另一套衣服，沒有人因為跳進秋天的溪流中玩耍而感冒。

又有一回，我們去興達港抓彈塗魚及招潮蟹，一到目的地孩子們早已迫不及待將鞋子扔在一旁，雙腳踏入又黑又黏稠的泥地中，除了三個小女生以外。其中一個女生說：「真搞不懂，男生為什麼喜歡踩進又黑又髒的爛泥巴裡，感覺好噁心！」於是，三個女生百無聊賴地坐在岸邊讓陽光曬得頭昏眼花而躲到車上，踩入爛泥中的孩子卻不斷從滑溜的彈塗魚，夾住人的手指卻斷螯逃逸的招潮蟹身上獲得驚喜。有的孩子觀察到彈塗魚有翻肚的習慣（皮膚需要水分之故），有的孩子發現招潮蟹的家不只一種，有煙囪型、深洞，也有半塔型（弧塔），還有與身體分了家的斷螯，夾在手上仍然繼續使力……。在大自然中，做老師的只要稍作引導，讓孩子從實際觀察獲得知識，那印象會是鮮活而難忘的。

有的孩子在尋寶過程中，因赤腳踩到玻璃碎片而受傷，上岸後

我們在六龜山區迷了路，發現一條溪，便索性跳下水玩個痛快。

我採了些鬼針草葉幫孩子敷在傷口上，孩子們只是皺一下眉，喊了一聲痛，馬上又投入另一場玩耍，沒有哭聲。

另一次我帶都市作文班的學生到興達港，不巧遇到漲潮，招潮蟹都躲起來了，只見彈塗魚躍過水面的身影。雖然有些掃興，男孩子還是興致勃勃地脫掉鞋子踩入爛泥中，追逐彈塗魚。而女孩們以討厭把腳弄髒及噁心為由，而坐在岸邊觀察。赤腳在爛泥中行走是什麼感覺，對她們來說，可能永遠只是「想當然爾」的噁心，除非她們有機會讓自己放下成見去走一趟。

回來之後，一個五年級的女生在作文中寫著：「男生都不是在抓彈塗魚，而是在玩水，可惡極了！」我問她玩水為什麼可惡？她也說不出個所以然來。總之，那是大人灌輸給她的觀念。

每一次看到孩子們在溪流中玩得興高采烈的神情，就會讓我想起我所熟悉的原住民小孩，他們總是喜歡成群結隊跳進離家不遠的溪流中戲水，自然而然從玩耍中學會純熟的游泳技術。我一個原住民朋友曾經告訴我，他小時候很少在家洗澡的，因為澄澈的溪水早把一身的污垢洗淨了，他也未曾因此而感冒，反而練就一身強健的體魄。

而都市的小孩，距離一條可以嬉戲的溪流卻太過遙遠。剛帶野外課時，對於老是喜歡跑在前頭或脫離隊伍的孩子，我總是特別擔心他們會受傷，於是在一條寧靜的山徑或無人的曠野總會充滿我警告孩子「小心」的聲音。那經驗真叫人沮喪，我常會因為自己無法讓孩子安靜而專注地進入自然而自責。

後來，我慢慢學會減少擔心和約束，讓孩子自由地用他們自己的方式和大自然玩耍；而孩子們也會漸漸懂得與別人分享在大自然中所獲得的喜悅，甚至在跌倒時能勇敢地面對跌倒的痛，因為那是他放任自己不小心的代價。

蘭嶼，東清灣。
海洋是達悟族的孩子最大的遊戲場。

縱情奔向一片湛藍、純淨的汪洋，自由玩耍，是現代許多孩子一個簡單卻遙遠的夢想。

記得多年前有一首歌，其中一段歌詞是這樣的：「如果你是如此躍躍欲試，去吧！我的愛。」到現在，我仍然想不透玩水有什麼不好，但是放下過多的憂慮，讓躍躍欲試的孩子自由地在大自然中玩耍，其間所激發出來的創意和熱情，往往是令人難以預料的。

種子教育

暑假期間我辦了許多梯次的野外自然觀察班，和孩子們一起實地體驗大自然的生命。整個暑假我和學生都有很多的收穫，不過也有一些挫折。

有一回我帶三個男孩上柴山，雖然他們年齡上有一段差距，分別是國小二年級、五年級及國一，可是他們吵起嘴來卻是誰也不讓誰；而且男孩子好動，沒有耐心的本性在他們身上展露無遺。於是上山的過程便充斥著他們爭吵，及我像個老太婆不斷禁止他們鬥嘴，

蘊育成熟的種子，包含在蒴果中，等待所有的可能，將台灣百合的希望散播至各個角落。

或在崎嶇不平的珊瑚礁岩上亂跑的聲音。

後來我把他們帶到欄沙壩的一處平台上休息，並進行一種「聲音地圖」的活動，攔沙壩的兩旁綠樹濃蔭，有許多小鳥穿梭覓食，只要安靜傾聽就會聽到風吹動樹梢、枯葉落地及鳥類鼓翅、呼喚的各種聲音。

而三個男孩卻一分鐘也停不下來，不斷有芝麻綠豆的小事要問，同時也持續發生摩擦。

十分鐘的聲音地圖畫完了，我的地圖充滿了自然的樂音，而三個男孩的地圖卻只有人的說話聲、走動聲及吃東西……他們自己製造出來的聲音。

我十分沮喪地要他們收拾包包下山，一路上不斷地思考究竟用什麼方法才能使他們浮躁的心安靜下來，畢竟說故事、玩遊戲、硬罵軟說我都試過了。

下山途中經過一棵破布烏，五年級的男孩拉住我，提醒我：「老師，妳不是要讓我們看白蟻修房子的成果嗎？」

上山時，我們把這棵破布烏樹幹上的白蟻泥柱破壞了一角，觀察白蟻如何通風報信，及頂著溼土快速地黏補破洞的情形。現在洞已經補好了，而且明顯地對比出那段土的顏色較深也比較溼，孩子們對白蟻迅速補牆的功夫頗感到神奇。

這時兩隻懷裡各抱著一隻小猴的母猴，匆匆地與我們擦身而過，並且露出不友善的目光。而其他的登山客卻對我們所觀察的一切視若無睹（這是正常的）地快步下山。

五年級的男孩突然有感而發地說：

「為什麼別人都只是匆匆地走過去，都不會像我們這樣發現許多好玩的事情？」

他的話點醒正在苦思的我：原來教育真的是播種的工作，但不能操之過急，今日撒種明日就要採收！成長是需要時間的。

二年級的蔡明哲突然停在前面等我，他拉著我的手說：

「我在等妳，跟老師走在一起，才能發現很多小蟲子。」

獼猴媽媽用自己的奶水和大自然的愛哺育小獼猴。人類是否可以從其他生物的行為獲得一些啟示？

樹上有一隻奇怪的蟲

有一次我在公園拍椿象。一個約三、四歲的小女生有點害羞又有些好奇地向我走過來，我便指著樹幹上正在交配的椿象對她說：「這是一種會放臭屁的蟲喔！妳看！她們正在結婚呢！」小女孩聽完我的話，轉身跑回媽媽的身邊，興奮地說：「媽媽，樹上有奇怪的蟲！」然而女孩的媽媽顯然對於「樹上有奇怪的蟲」不感興趣，只叮囑小女孩不要亂跑。

過一會兒，小女孩的媽媽表情漠然地起身帶小女孩離開，而小

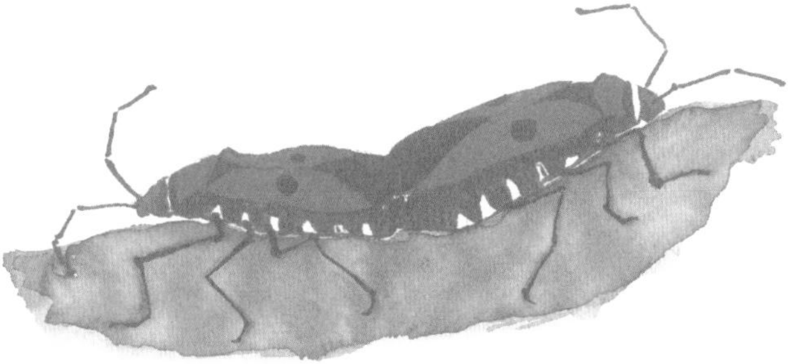

女孩直到離去時，目光仍注意著我，眼神裡混雜著好奇與疑惑。

另一次，我在公園欣賞友人栽培馬利筋的成果，友人花了兩年時間培育，現在樺斑蝶的卵、幼蟲、蛹及成蟲在公園的這個角落隨時可見。

一個男孩經過，發現馬利筋葉上的毛毛蟲，興奮地大叫：「媽！有毛毛蟲耶！」男孩的母親連看都不看便拉著男孩的手說：「好噁心，趕快走。」男孩懇求地說：「讓我抓好不好？我好想抓一隻喔！」男孩的母親語氣堅定地說：「不行！太噁心了。」

看著小男孩失望地離去，我想起上一次在公園遇見的小女孩。因為大人對於自然界的生物表現冷漠的態度，甚至有負面而錯誤的認知，因而讓孩子喪失與大自然進一步接觸的機會，同時也扼殺了孩子探索自然的興趣與好奇心，實在可惜。

如果父母能夠嘗試著用孩子的眼光及童稚般的熱情，和孩子一同走入自然，重新認識生活周遭的自然生命，在這個過程中，你會和孩子建立新的親密關係，而且也會發現，即使只是觀察公園裡一隻椿象的生態，也可以讓你們全家玩得興致勃勃呢！

大自然的魔杖

有一年暑假，我的自然觀察班裡來了一個不曾坐過火車，也因為害怕蚯蚓而不敢坐草地的富家男孩（那時他已唸五年級了）。那年暑假我帶他們坐火車，告訴他們沿途各個城鎮的歷史和故事；帶他們走愛河，轉述愛河曾有的輝煌與浪漫；還帶他們從一棵行道樹發現許多奇妙的生命……。男孩玩得不亦樂乎，他從來不曾這樣親近自然。

有一回，當我們觀察白蟻頭頂著溼土補窩之後，那是孩子們不

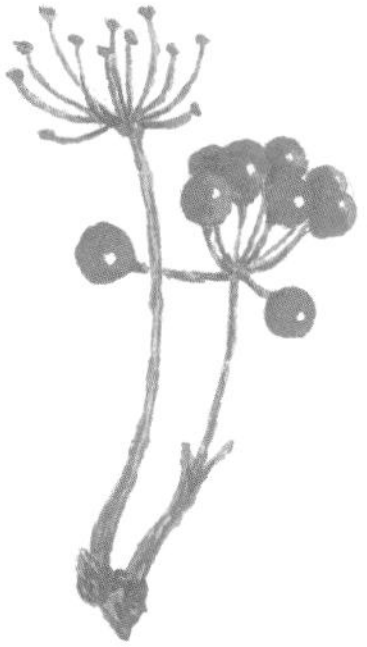

曾注意過的，男孩看見爬山的人行色匆匆地趕路，突然有感而發地說：「為什麼那些爬山的人都不會像我們這樣慢慢看，發現很多很好玩的事？」

雖然男孩還是不敢坐草皮，也依舊因為頑皮而與其他孩子起爭執，但是大自然的奧妙已開啟了男孩一個豐富的生命視野。

還有一個一年級的小男生，小小的個兒，圓圓的臉帶著一副圓框眼鏡。他第一次上我的課時便告訴我，他覺得上課很有趣，但是他討厭寫作；因為他不願意思考，所以我經常必須一句一句地引導他寫作。

對於戶外課，他的興趣也不高，臉上總是沒什麼表情，在分組活動時，其他孩子大都不願意和他同組。有一次我們在一座生態頗為貧脊的小公園裡，發現一隻狩獵蜂把比牠重兩倍以上的螽斯拖進牠事先挖好的洞裡；不到十秒鐘，又以倒退方式出洞，兩隻前腳掃把似地將土掃進洞裡把洞填平，最後只留下一個V字型的缺口。

狩獵蜂把獵物螫昏而供給牠初生寶寶新鮮的食物，如此高超的技術，動作這般迅捷，讓我們十幾個人看得目瞪口呆，而小男孩的觀察筆記裡只簡短地寫了一句話：我問他看到這麼奇妙的事有何感覺，他答說：「沒感覺。」

漸漸地，他跟我較熟悉後，便開始會將學校裡發生的事告訴我，也比較願意思考了；在野外我們發現什麼奇妙的生物時，他也會在後頭擠著說：「我也要看！」

還有看到毛毛蟲就會哭的小女孩，也敢讓蓟馬在手上游走了；還有學生不再輕折花葉，怕它們會喊痛……。

這些孩子的轉變並非我手上有隻魔杖，而是因為大自然的愛和奧妙。馬叔禮先生說過：「自然是大家都看慣的奇蹟。」這句話很值得仔細玩味。

楓香，對不起！

振達和他的姐姐第一次來上我的自然寫作班時，他才讀二年級，小小個兒像猴兒般靈活好動，坐在椅子上的耐性不會超過五分鐘，一會兒起來走一走，一會兒跳一跳，有時還會溜到黑板前拿粉筆亂塗鴉。我就會順著他的行動，讓其他孩子都在黑板上作畫，然後一起編故事或發展四格漫畫，他也玩得挺高興的。可是到了要寫作時，他便顯得表情痛苦、提筆困難，通常要我一句一句地盯才能完成一篇作品，而他總是寫個三、五行便交差了事。寫字對他來說實在是件折磨的事。

到了野外，振達對自然界很多的事物都感到好奇，可是卻像脫韁野馬一般，很難管束。

兩個月後因為振達的姐姐出車禍，而停止在我寫作班的學習。約莫過了七、八月後，振達的母親又把他們姐弟倆送到我的寫作班上課，然而振達的學習狀況並不比七、八個月前好多少。才上了兩堂課，振達的母親便告訴我，振達為了不想上作文課而大哭大鬧，於是我和振達的母親取得共識，先讓振達覺得上課是一件快樂的事，其他的以後再說。

接下來的課程我讓振達用錄音、繪畫、戲劇表演及遊戲……等方式完成作品，而且鼓勵他儘量表達自己的想法與創意（我對待其他孩子也是如此）。漸漸地，他的許多奇妙的想法不斷湧現，而且也能安坐於位子上認真寫完一篇段落分明、文句流暢的作品。有一次在他寫到半屏山撿化石的遊記中便看到這樣的句子：「上半屏山便好像走入時光隧道，因為就好像和老朋友見面一樣。」

在戶外課方面，我經常安排讓孩子們分組合作的活動，增加孩子們互動的機會。振達在這樣的互動中，不僅交到志同道合的好朋友，也漸漸領會了分享的快樂。現在他不但是抓蟲高手，而且還會把自己的獵獲品與別人分享，並且不讓手中的蟲子受傷。

有一回我帶他們到公園認養樹木，並對他自己選擇的樹木做記錄，振達在末了寫了這幾個字：「楓香，剛才為了摘你的果實做記錄而弄傷了你，對不起！」

從對大自然的懵懂好奇到尊重自然生命，振達的改變和其他相似的例子，都形同對於我的環境教育工作注入一方活水。

以自然為師

先認識它的名字，瞭解它的特性，發現它的奧妙和有趣，然後和它交朋友，愛護它、尊重它，進而尋找它的特質和優點，欣賞它、向它學習。從學習中逐漸明瞭自然萬物皆有生命，皆有靈性，萬物皆可以為師的道理，漸漸地便能夠聽得懂自然萬物所傳遞的訊息——在從事自然教育工作時，我都是依循這樣的軌跡來引導的。

尋找萬物自身具備的優點來學習，就如同從周遭的親人、朋友身上找出值得令人讚賞的特質一樣。

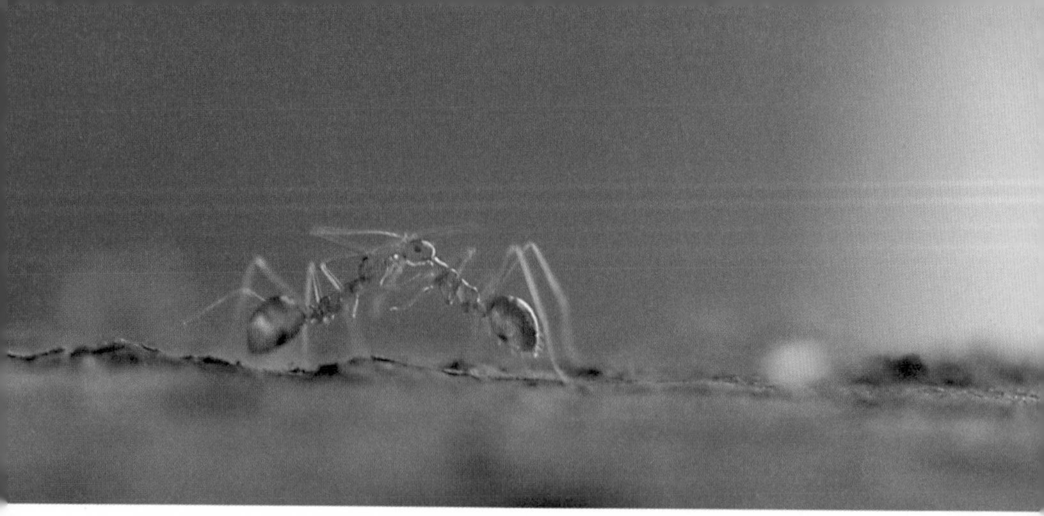

找一棵枯樹，如果有白蟻用泥土築成的甬道，試著將甬道的一小段撥開，躲在甬道中的白蟻便紛紛竄出來，通力合作將缺口補好——從白蟻的行為你是否學習到合作互助，遇到問題馬上解決，而不該把時間和精力浪費在懊悔、苦惱上，應該馬上重新出發的道理呢？

觀察蜘蛛結網，迅捷、勤奮的動作，是否感受到時光易逝不能怠忽呢？

一枝香發出清香，大方讓人欣賞，讓他學習到心胸寬大——一個孩子如此說。

螞蟻不論食物多麼龐大、沉重，都會努力地將它搬回家——孩子學到了意志堅定。

小草對媽媽說：「哎呀！我們又被踩了。」媽媽對小草說：「沒關係，這樣才會長大。」小草因此學會了

在螞蟻的社會中，每一項工作的完成都需透過高度的合作，而人類達成許多需求的過程中，其實也是如此。

忍耐——一個六年級的孩子這麼寫著。

樹木歷冬落光了葉，張著赤裸的枝枒，雖是一片枯槁景象，但我看見了泥土裡豐沛、渾厚的生命力，蠢蠢欲動，為來春的一場新生醞釀、發酵；而滿樹花開繽紛、結實纍纍的繁華，正努力綻現自己讓人鳥蟲獸為它駐足、嘆息、飽啖一場，而它也正盡責地以繁衍子孫為職志。

用心走過春夏秋冬，萬物皆可以為師、為友的道理，我已漸漸懂得。

玉山佛甲草生於裸岩之地，絢麗如繁星墜落。

黑板樹在身體的缺口抽出新芽，展現強韌的生命力。

卷二 發現自然

我始終覺得將雙膝跪在泥土上是一個很重要的姿勢，也因為如此謙卑而接近土地的姿勢，你才能看到如草花這般渺小的生命，也能夠發現更多繁麗的自然世界。

跪下來不然會錯過花香

我曾經嘗試在一片久未整理的草地上，劃分出幾塊區域，然後請學生自由選擇其中一塊約三公尺見方的草地，做為自然觀察的據點。

觀察什麼呢？我要孩子們記錄草地上有多少種植物，並且把在草地裡發現的小生物記錄下來。

因為草花很矮，有的幾乎貼近地面生長，所以我們必須彎下身來，甚至跪在草地上才能看得仔細。

紅茅草是秋天的野地裡最耀眼的明星。

二十分鐘後，我們分享彼此的觀察紀錄，有藍紫色的藍豬耳、金黃色的金午時花、黃花酢醬草、粉色的一枝香、開黃花的長柄菊、有刺的含羞草、龍爪茅、兩耳草、白茅，還有一些不知名的禾本科植物……。其中一個孩子驚訝地說：「看起來好像只是一堆綠色的雜草，沒想到仔細觀察，竟可以找到十幾種植物住在裡頭，而且都很漂亮。」我告訴孩子：「提出進化論的達爾文曾經做過一個實驗，他從三個不同的小泥沼邊挖回三湯匙的泥巴，經過六個月後，他發現從泥巴裡長出來的植物，竟有五百三十七株之多！可見，蘊藏在泥土裡的種子數量是多到令我們無法想像的地步呢！」

而在草地裡被我們驚擾而出的小生物，有成群飛舞的沖繩小灰蝶、小飛蛾，在莖葉間爬行的瓢蟲，還有躲在草叢裡的蝗蟲和螽斯……。

當為期八個月（每周一次）的自然觀察課程告一段落時，其中

一隻稚齡的小螽斯，只有在大自然的調色盤裡才會有如此大膽的配色。

一位學生的父親告訴我，以前他的孩子到公園去只會玩遊樂器材，現在即使是與父母同遊，他也會自己到草地上觀察昆蟲和植物，並且很能自得其樂。

我始終覺得將雙膝跪在泥土上是一個很重要的姿勢，也因為如此謙卑而接近土地的姿勢，你才能看到如草花這般微小的生命，也能夠發現更多繁麗的自然世界。

原來生命無所不在

每當我要帶領一批新的學生展開野外自然觀察的課程時，第一堂課我一定會選擇從公園裡的一棵樹開始。都市的公園對孩子來說是再熟悉不過了，但就如同初入寶山的人，面對一棵樹，孩子卻不知如何發掘寶藏。此時我就必須扮演福爾摩斯的角色，從孩子不曾注意的角度，發現新奇的事物與他們分享。

我帶著孩子嗅聞每一片葉子特殊的氣味，用手去撫觸每一棵樹紋的肌理，並且一再輕易地從樹隙葉叢中發現新奇的小生命。例如：

藏在葉背的蝶卵和椿象卵，掛絲於樹幹上與樹幹同色的避債蛾……。

從不曾藉由微觀及打開各種感官的接觸方式去親近大自然的孩子，經由我的引導，旋即挑起高度的興趣及好奇心。他們開始嘗試集中目光，彎下身子或抬起頭來，去貼近一棵樹，發掘新事物的驚喜之聲便不絕於耳了。

有一個孩子折了一截樟樹掉落地面的枯樹枝，發現同樣也有樟腦油的香味。有的發現草叢裡的蜘蛛正在啃噬一隻蜜蜂；還有正在交配的椿象，像兩個方向相反的火車頭互拉著……。

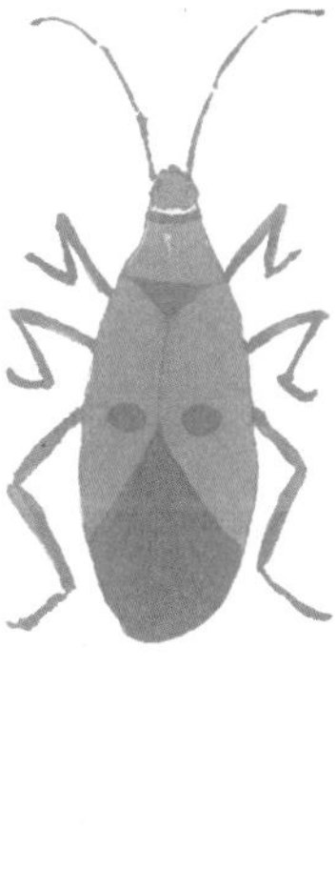

孩子們豐富的想像力及對新鮮事物的敏銳度，都可以在大自然中盡情地釋放、發揮。

課程即將結束時，一個八歲大的孩子在他的觀察心得中寫著：「剛開始並不曉得生命在哪裡，等到發現了一、兩個生物，有了經驗，後來就很容易找到他們了。原來生命是無所不在的啊！」

打開新視野

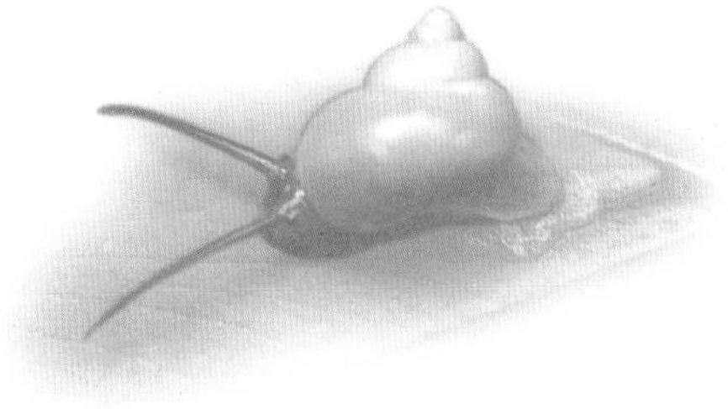

蝸牛以謹慎的態度跨出生命的每一步。

冬日午後，我帶著一群小學生在後勁溪畔進行一個發現生命的活動。

那是一條一邊植滿刺桐，一邊鬼針草、野生小苦瓜及毛西番蓮蔓生的小徑。在一般對自然生命毫無敏銳覺察力的人而言，那只是一條寂寞小徑，偶有燕子飛掠的身影，空氣中猶布滿西青埔垃圾場揮之不去的惡臭。更遑論發現溪中紅冠水雞戲水覓食，及枝頭上對著暮色叫

椿象的一生都帶著
色澤鮮明的面具。

囂的喜鵲夫妻——那是一條鮮有人跡的小徑。

我要學生們在這條小徑中尋找自然生命與其他人分享。

剛開始，這群未受自然觀察訓練的孩子總是不得要領而大步穿過刺桐及大花鬼針草叢，一無所獲。後來，我在他們面前示範如何輕易地在樹隙草縫中發現黏在樹幹與樹幹同色的避債蛾，泥蜂築於樹幹上陶甕一般的窩，在葉背畫圖的白色螺旋粉虱及正貪婪吸食樹液的黃斑椿象……。

方法很簡單，只要將注意力從大處移至細微處。

避債蛾如一只迷你鈴璫懸在樹間，你發現了嗎？

孩子逐漸聚集原本散漫的焦點，彎下身來（這是一個重要的動作），發現新事物的驚喜之聲便不絕於耳了。像草叢裡蜘蛛包住了蜜蜂，地上的馬陸屍體，交配中的椿象……。

回程時，我與孩子角色互換，請他們將自己發現的事物與我分享，有的孩子還細心地撿石頭將他發現之物圍起來做記號。

在心得分享時，孩子們大都覺得剛開始並不曉得生命在哪裡，等到發現了一、兩個生物，有了經驗，後來就很容易找到他們了，原來生命是無所不在的啊！

而大多數的人，不都是將其他生命視為無物，漠然地生活著！總要有一把鑰匙將新的視野打開，才會發現與我們同生共息、無所不在的生命，如此精采——那把鑰匙，只是一顆純真好奇的心哪！

交尾中的紅胡麻斑沫蟬。

幫小花取個名字吧

在野外有一種蔓性藤本植物，喜歡伸出魔爪般的匍匐莖攀在別人身上生長，並且全株上下還會發出令人掩鼻避之唯恐不及的惡糞味，因此人們賦予它一個名副其實的臭名——雞屎藤。夏秋時分它會成簇地綻開紫紅心、白色筒狀花冠的小花來，精巧得似一支支小口紅，當然還是脫不了臭。不過它臭歸臭，聽說治胃病、感冒咳嗽效用還不錯，而且嫩葉煮熟了臭味盡失，炒蛋滋味還不惡呢！

看到它那碎紙片般的小花讓我想起一個童話故事。有一回我帶學生們上野外課，便在一叢盛開的雞屎藤面前，坐在舒軟的草地上告訴他們這則動人的故事：

在一個野生花園裡，眾花燦爛大方地開放，有一朵小花特別孤單，因為她不僅小，連顏色也不太好看，眾花們從不跟她聊天，只會偶爾嘲笑她，笑她的長相，但小花不以為忤，她總想：我雖然不好看，但我還是有自己的特色的。

夜裡，小花總喜歡仰著臉看星星，那藍藍紅紅的光感覺好溫暖啊！驀然，自大海般墨藍的夜空裡傳來一聲深沉的嘆息，那是一顆有著紅寶石光芒的老星星所發出來的長嘆，開始了星星和小花的對話。

「怎麼了，為什麼嘆氣呢？」小花關心的問。

「唉！我就快死了，可是我從未看過一朵盛開的花，每回我出來時花兒都睡著了，真想看看一朵盛開的花呀！」老星星惋惜地說。

老星星的嘆息引發了小花的同情心，她熱心地央求玫瑰花啦！山芙蓉啦！野牡丹啦！請她們開一會兒，就是沒有花兒肯幫忙。最後，小花滿懷歉意地對老星星說：「老星星，我開花給您看，可是我很醜，您可別介意哪！」於是小花努力撐開了花瓣！（說到這兒，我還得加上動作，雙手像畸型一般撐在胸前，滿臉掙扎的樣子，就像雞屎藤，怎麼撐就那麼丁點兒大。）

老星星看了之後滿足地嘆口氣：「啊！這真是我看過最美的花了，真美啊！謝謝妳！」說完，便化成一道紅光劃過玻璃般的天空，墜落在小花的花瓣上了。從此，小花不再是醜花了，永遠都有顆寶石般的光在她瓣上閃爍著。

我告訴孩子們：「幫這小花取個名字吧！」

「寶石花、星星花、藍寶花」……孩子們絞盡了腦汁奮力地想。

「這作者給了小花一個名字，叫——流星花。」

「哎呀！我本來要說這個名字的。」一個孩子懊惱地說。

當我向孩子講述這則自己改編過的故事時，從孩子們認真的眼神中看到了感動。並且發現孩子對這樣說故事的方式印象深刻而且興趣濃厚，印象深刻的不止是故事，還有原本沒有好感的雞屎藤，以及造物者的神奇啊！

種子的奇幻之旅

到野外時，我喜歡揀拾植物的種子，每一粒種子都有其獨特的造型和顏色，令人愛不釋手。像雞母珠和孔雀豆令人垂涎的紅、山芙蓉的雪花白、車桑子透明的木色，還有馬鞍藤那種略帶滄桑的棕色……。而每一粒種子也都以不同的方式散播到各地，例如掌葉槭的翅果是乘著風去流浪；鬼針草針狀的種子黏在動物和人身上到處旅行；還有雀榕的隱花果是請鳥兒幫忙；而豆科扁型的莢果卻是感受到陽光的熱力在瞬間迸裂，而裂開的莢果會捲成螺旋狀，這樣的莢果我搜集了好幾個。

帶學生到野外去，我除了讓他們欣賞每一顆種子不同的特色之外，也讓他們自己觀察每粒種子傳播的方式和力量。

有一次我和學生走入一片大葉桃花心木林，看見桃花心木片狀的種子落了一地，便教學生各拾一片種子往天空拋，霎時間，天空彷彿成了芭蕾舞者的舞台，一下子躍起又降落，孩子們不禁歡呼起來。

漫天飛旋的桃花心木種子，不就是孩子最簡單也不必花費一毛錢的最佳童玩嗎？

撿拾回來的種子，我通常會把一部分收在玻璃罐中，其他便撒入土裡任其生長，不消數月光景，陽台上便也充滿了野色。

我也鼓勵學生搜集種子。有一回我到小學帶一年級的小朋友做自然觀察，突然有一個小女孩走近我，手裡拿著一粒綠豆般大的咖

啡色種子問我：「這是什麼？」我告訴她那是台灣欒樹的種子。她問我可不可以種？我告訴她先把種子曬乾，幾個月後再把種子放進土裡就行了。

小女孩很滿意地轉身跑開，我望著小女孩的背影，心裡期待著小女孩種下手中的種子，能夠順利萌芽、茁壯，陪伴小女孩一塊長大。

靜獵

這一次野外課要出發前，我先在課堂上講了一個北美印第安人訓練族裡少年「靜獵」的故事。他們把少年帶至森林中，狩獵的工具是敏銳的目光和安靜的心。少年把自己想像成一棵樹或一塊岩石，讓獵物渾然不知少年的存在，而一步步接近，進入少年的狩獵範圍。

這就是今天的主題——靜獵。

我和九名四、五年級的孩子，保持靜默地出發，形成一列靜獵的隊伍，我要求每一個孩子至少找三樣目標，用他靜獵的工具做觀

「蜜蜂嗡嗡嗡，勤做工」這是書本上、歌詞裡的句子，你可曾停駐腳步，仔細觀察一隻蜂採蜜的動作和速度？

在大自然中進行靜獵活動時，你必須以心為弓，以目光為箭，身體如蝗蟲般的機警。如此，你的獵獲將無比豐碩。

察。

活動開始沒多久，最富想像力的皆興便走到我身旁，用他一貫天真無邪的語氣說：「老師，我已經成功地讓一隻蒼蠅完全忘記我的存在了。」

我笑著摸摸他的頭，低聲說：「很好，繼續找下一個目標。」

平日這樣的野外課，孩子們雖也能找到許多藏匿得極巧的自然生命，但總難讓身體和心保持安靜與大自然融合，而「靜獵」的活動卻是很好的方法。

這一次靜獵，從孩子的觀察筆記中可以看出孩子們都有不錯的收穫，例如：停在鼻尖的粉蝶，走路一搖一擺的菜蟲，隨風輕晃的竹子，叼著蟲的白頭翁，一躍即跳過身長十倍的灰色蚱蜢……而皆興的觀察筆記卻出現這樣一段有趣的記錄：

「我今天抓到的獵物有：蒼蠅，牠吸血吸得正高興。（蒼蠅不吸血的，老師註）。葉子，葉子正要搬家，根本不知道有我。最後是螞蟻，牠以為我是一座石像。」

獨角仙是大多數的孩子童年時的最愛。

金午時花上的蜘蛛

上午，我們對著一棵植株約一百五十公分的金午時花做觀察。因為經常跑野外的關係，我很快就發現兩片糾在一起的葉子裡頭一定有文章。我輕輕地掰開用細絲連結的葉片，一隻綠色的尺蠖像突然被打擾了睡眠錯愕地伸出頭來，我有點得意地向學生展現發現的成果，並叮嚀他們多注意形狀扭曲糾結的葉片。

說完，天榮很快便用他那銳利的目光找到了已羽化蛻殼的蛹，比螞蟻還小的尺蠖及停在葉上的綠色蜘蛛。

這隻綠色蜘蛛並未結網，而且正站在一團白得發亮的絲膜上。

我興奮地指著那團絲膜問：

「你們知道這是什麼嗎？」

「蜘蛛的卵。」天榮大聲而肯定地回答。

我滿意地摸摸天榮的頭稱讚他，又隨手揀了一根細枯枝，把握眼前這個活生生的教材。

「你們聽過蜘蛛抱卵嗎？」我問。

「有！」孩子們大聲地說。上回我在課堂中曾提過。

我用手中的枯枝輕輕撥弄蜘蛛，可是牠卻反常地沒有腳底抹油吊絲逃之夭夭，相反地牠死命地七腳八腳黏住牠的卵，怎麼也不肯走。這就是我要說的蜘蛛拼死護卵的母愛精神。

「天榮，你從母蜘蛛護卵的行為中看到了什麼？」

「牠在和妳決一死戰！」天榮調皮地回答，眉毛很卡通地往上一挑。

「你再想想看，認真地回答。」

我耐心地請天榮將思考後的答案告訴我。

「我知道了，牠怕牠的小孩死了以後，就沒有人賺錢給牠花，牠只能自己賺錢……。」

真令人失望的答案，我再詢問其他孩子。

「牠怕牠沒救後代會絕種。」楚航說。

「我對這件事很冷漠，沒有看法。」鐵鍇說這話時，嘴巴泛著一絲頑皮的笑，鼻樑上的眼鏡幾乎觸著了蜘蛛腳。

最後皆興在紛亂之中簡單俐落地說了兩個字——母愛，而停止了這段思考。

事後，我卻覺得孩子們的想法，都比我想說的要有創意多了。

停在葉上的蜘蛛，
如埃及法老王一般
尊貴而神祕。

蜘蛛偽裝成一粒鳥糞，躲避天敵的捕獵。

琉璃秋光

秋天的作文課，我帶孩子們在城市中尋找秋天的訊息。

午後的陽光被抹布般的雲層擋住，迎面拂來的風像綠油精一般清涼而溫暖。我們找到的第一個秋天的訊息，便是台灣欒樹落了滿地像星辰一樣的黃花，及高插枝頭的桃紅燈籠般的果實。我們揀了幾顆蒴果剝開來，孩子們不禁讚嘆，裡面還躺了兩粒綠珍珠般的小種子呢！

我們繞進公園，很多老人在裡頭聊天、運動，空氣中飄浮著草香，我們站在高大的粉撲合歡樹林底下，秋天的風像一支仙女棒輕輕一抹，卵黃色的葉子竟像雨點、像雪片灑了下來，拂了一身，看得我們都呆住了。

有一個孩子看著地上亂掃的落葉突發奇想地說：「葉子被風追得都流汗了！」被大自然啟發的想像力真令人驚奇呢！

紅磚道上的紅毛草，也掛滿了酒紅色的耳墜，迎著風兒對我們微笑，忍不住彎身採了幾枝想把這醉人的秋色插在花瓶裡。我們看到空地上五節芒高高的小穗在風中擺盪，一個孩子後來在作文簿裡寫下這樣的句子：「秋爺爺把五節芒花白的鬍鬚吹得陶陶欲醉，搖頭晃腦。」

秋天的稻穗蛻去了油綠，呈現飽滿的金黃，就等待收割後成為珍貴的米粒了。在稻田旁一棵矮小的南美假櫻桃營養不良地結了幾顆果實，我找了一顆粉肉色的假櫻桃請孩子吃，這種樹不必人為栽種，是到處野生的。經過幾個月野外課的薰陶，學生們多已習慣和我一起品嚐大自然的野味。當吃下小櫻桃的孩子露出滿意的笑容：「哇！好甜。」其他的孩子旋即像蜂群一樣黏住樹枝拚命搜刮。很快地樹上便只剩白色的小花及青綠未熟的澀果，而這群饕客似乎仍未滿足，我告訴他們別著急，這種樹啊！一年四季都在開花、結果，路邊很容易見到的。

稻田旁的紅磚道上種了一排掌葉蘋婆，此時正纍纍垂懸一串串澀青果實，我們站在樹下聯想它兩個圓圓鼓鼓的球中間一條溝的模樣像什麼，有人說像籃球、有人說像臀部、像桃子，我說覺得它像塞得鼓鼓的錢包；因為它在冬天熟成時轉為赭紅色，中間的縫裂開來，像極了誦經時用的木魚，孩子們期待地要求我冬天來臨時能否帶他們來看掌葉蘋婆，我當然很願意和孩子們訂下訪花探果的美麗約定囉！

就在秋天的午後，我們繞著城市邊陲漫遊了一個多小時，孩子們依然興致高昂，比在教室端坐三個小時還要輕鬆、愉快。回到教室我們一起把秋天的訊息記下來。其中一個孩子將她手上一束秋色、剛採的紅毛草送給我做為教師節的禮物，真富有秋天氣息的浪漫禮物呢！我將它供在玻璃瓶中，細細保留它從酒紅蛻成銀紫，傾瀉一季的琉璃秋光。

卷三

感官之旅

自然的聲音可以很純粹去辨聽它來自何處、出自何物，更可以畫下一張心的聲音地圖，融入想像和感情，自然的樂音便成了詩的篇章。

小偵探的自然遊戲

在野外，要讓孩子們記住某棵植物或昆蟲的名字，甚至記住它（牠）的特性等知識，是較容易的。但要啟發孩子對大自然的好奇及內在真誠的感動，甚至與人分享這種美好的經驗，我覺得較好的方式是多運用打開各種感官的遊戲，讓孩子與自然做最直接而親近的接觸。

1.打開視覺：在豐富的大自然裡，要求一群精力充沛的孩子乖乖聽我口述知識，實在很困難。所以我常常安排蒐集特別的自然物的遊戲，讓孩子們集中注意力。

有一回，我們沿著一條溪流前進，孩子們都卯足了勁，眼明手快地從各種角度搜尋特別的自然物。最後成果分享時，發現孩子們蒐集到的有：蛇蛻的皮、乾癟的青蛙、各種昆蟲的屍體殘骸，以及許多植物的葉子與果實……。孩子們對於自然生物的敏銳度往往是令我感到驚奇的。

2.氣味之旅：平常我們總是習慣用視覺與外面的世界做第一層的接觸而忽略了其他感官，所以我也經常設計一些暫時摒除視覺，充分運用其他感官與大自然接觸的遊戲。

其中我很喜歡的一種，便是讓孩子把眼睛蒙住，然後將手搭在前面的人肩上，形成一個毛毛蟲隊伍前進。剛開始孩子會由於不適應而產生不安全感，但他們往往也會興致高昂地猜測走過的路是紅磚道、水泥路、沙地還是草皮？遇到轉彎時還不時尖聲怪叫，讓整

每一顆種子都有它
神祕的過去。

個過程充滿刺激和新奇。

而這個遊戲主要是進行「氣味之旅」，讓孩子嗅聞植物所散發出來的各種氣味。等到孩子把蒙眼布取下，再憑感覺循著原來路線，像個小偵探似的，不放過每一片葉，每一瓣落花甚至樹皮，從中尋找記憶中的氣味。

當答案揭曉時，總是出人意表，原來發出水果香的竟是落地的腐果，而充滿惡臭的竟是小巧可愛的雞屎藤花……。

在遊戲的過程中，孩子們不僅體驗到植物千奇百怪的各種氣味，也學會運用嗅覺和大自然做更進一層的接觸。

尋訪山中的聲音地圖

觀音山有一片峽谷，筆筒樹、觀音座蓮、無患子……茂生其間，頗有熱帶叢林的感覺。我很喜歡帶學生來到這片峽谷，坐在木橋上，張開耳朵諦聽來自四面八方的自然樂音，並要孩子們用簡單的符號或注音，形容自己所聽到的聲音，一張簡單的聲音地圖就產生了。

美濃的熱帶母樹林是一片參天古木的林相，抬頭望不見樹頂，鳥鳴只聞其聲而不見鳥。我時常帶學生來到這兒坐在樹下，然後閉上眼睛，從靜坐中細細傾聽大自然的心情、風和葉的婆娑對話、解讀動物之間的語言……。

於是，一張張詩篇一般的聲音地圖，便從孩子們純真的心靈躍然紙上。例如：蜻蜓著急地尋找女朋友、蝴蝶出來散步、蟋蟀在喊救命、五色鳥的聲音很飽滿，卻找不到鳥影，像個小偷一樣……。這是屬於童稚的語言，充滿想像。

此外，我也經常鼓勵孩子們用手去觸摸一棵樹的紋路，或是一片葉子的質地；或者去擁抱一棵樹，感覺樹的年齡，甚至去體驗讓毛毛蟲或其他昆蟲在手心及身體其他部位爬行的滋味。讓身體與自然直接接觸，更能領會大自然的豐富。

每一次我帶學生上觀音山，一定會要求他們脫去鞋襪的束縛，讓腳丫子直接踩在柔軟細緻的砂地上，一股沁透心脾的清涼和舒適感，旋即從腳底直達心臟，那種美妙的經驗是語言文字無法傳述的，只有親自體驗才能了解。

（註：文中所指的「觀音山」位於高雄縣大社鄉，其地質屬南勢崙砂岩，十分細純而柔軟，可赤足行走於山徑間。）

身體與大自然的直接接觸，是驚奇而感動的。

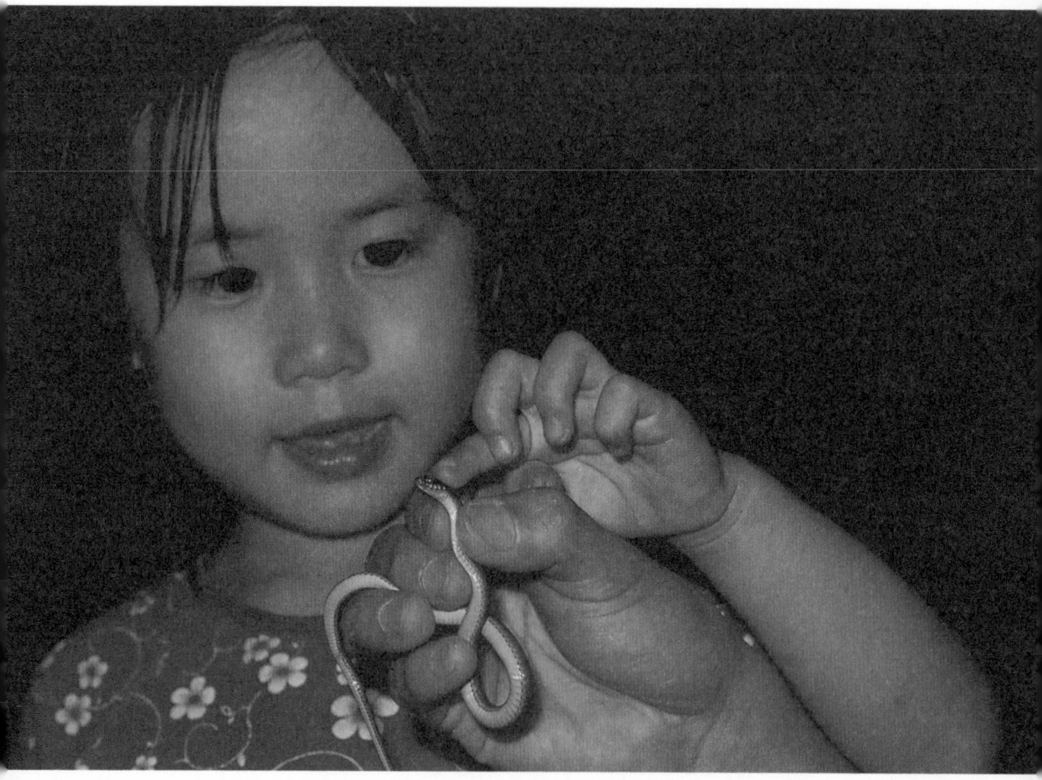

陽光穿過車桑子的果實，通體透明。

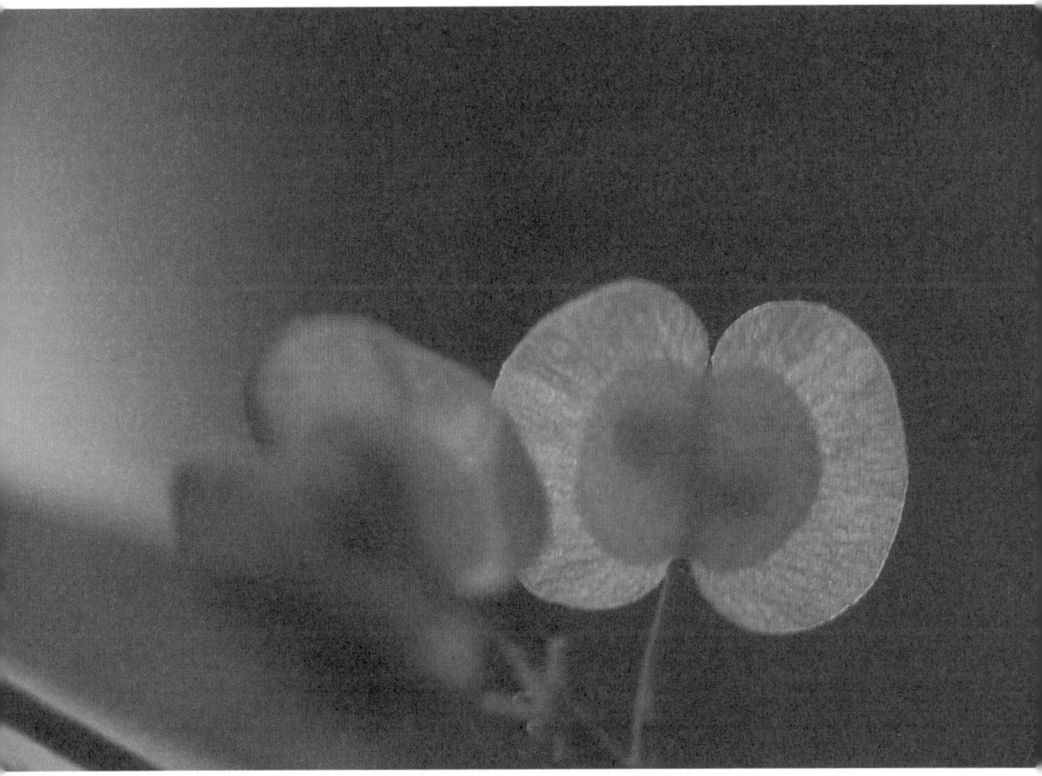

繪製一張聲音地圖

下過一場雨以後，田野裡充滿各種蛙鳴蟲唧。你知道嗎？只有雄蛙的鳴囊才會發出聲音，雌蛙是不會叫的。雄蛙的鳴叫除了求偶之外，有時也是為了宣示領域，而雌蛙還會以雄哇鳴聲的高低來判定其雄壯的程度，做為擇偶的依據呢！

黃昏時分，小鳥兒傾巢出外覓食，有的

雨姐姐在哭泣

水哥哥向前衝

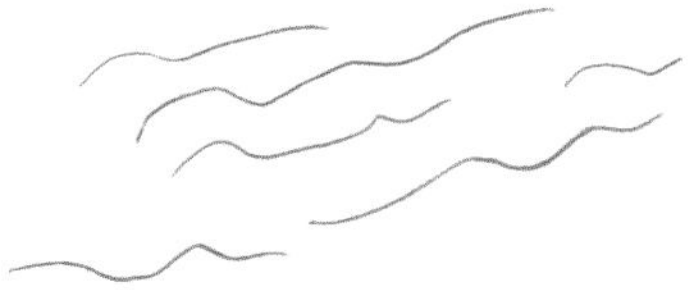

還呼朋引伴，啁啾聲在樹林間此起彼落，你能分辨出有幾種鳥聲？哪些聲音又是出自哪一種鳥呢？

夏天裡，高大的枝椏總會傳來不絕於耳的蟬嘶，夜晚紡織娘、騷蟖摩翅求偶的聲音，及蟋蟀自地洞裡發出單調的呼喚聲……你可曾仔細聆聽？

當疾風掃過樹梢，抖落樹葉時；流水潺潺滑過岩石；蜜蜂嗡嗡飛過你的身畔……你可曾注意到自然中微妙而豐富的合唱？

找個空曠的地方坐下來，讓浮躁的心安靜下來，仔細聆聽環繞你周圍的聲音，並用簡單的符號紀錄下來，繪製一張豐富而生動的聲音地圖。

你還可以試著用自己的手做出「袋鼠的耳朵」，把手掌變成碗狀，放在耳後，將聲音收集在手掌裡，並反射到耳中，會使你聽得更清楚。再把「手碗」轉朝背後，聽聽後面的聲音。

把自己想像成一顆岩石，紋風不動，讓大自然的聲音在你身邊盡情演唱，甚至你可以試著閱讀動物之間的「對話」呢！

1. 你聽到幾種不同的聲音？
2. 你聽到哪些動物的聲音？
3. 什麼樣的動物聲音是你無法分辨的？
4. 請用文字敘述你聽到的每一種聲音，並嘗試做一些比喻。

心的聲音地圖

在熱帶母樹林，筆直參天的林木，突起地面且粗壯的板根之間，自然的樂音似雨後奔騰的溪流淙淙滑過心頭，來自四面八方。

夏日的午後，帶領著學生坐下來，張開耳朵諦聽圍繞身旁的聲音。

大卷尾拉長了喉嚨，劃過林梢；五色鳥躲在望不見樹頂的枝枒，規律而寂寞的啼喚；一波又一波的風浪，將層層樹葉吹拂得似舞蹈中的湖水；枯癟的黃葉竟像斷枝一般折離葉柄，清脆地摔落地面。

ㄆㄚ—ㄆㄚ—
拍拍翅膀聲
ㄐㄨ—ㄐㄨ—叫聲

似乎很高興的玩樂著

風吹樹……
沙沙……

一個耳尖的學生興奮地喊著：「我聽到了落葉被風追趕在地面打滾的聲音，啵、啵、啵……。」

自然的聲音可以很純粹去辨聽它來自何處、出自何物，更可以畫下一張心的聲音地圖，融入想像和感情，自然的樂音便成了詩的篇章。

ㄐㄨㄧㄐㄨ……鳥

很好聽，似乎有
兩人在唱華爾滋

ㄍㄨ……ㄍㄨ……

聲音很飽滿，卻
找不到鳥影，像
個小偷一樣

氣味之旅

初秋時分，我帶學生們來到愛河畔的草地上，颯爽微涼的風中飄送著各種花開果熟的氣味。我將事先準備好的長布取出，神祕地要學生們將眼睛蒙上，並且將手搭在另一個人的肩上，形成一個毛毛蟲隊伍，由我領著帶頭的學生，在草地上展開氣味之旅。

隊伍在怪叫驚喜中戰戰兢兢前進，我們來到繁星般的花叢間，雪花般的七里香傳來誘人的清香，學生們紛紛發表意見，像香水、像玉蘭花、比女人還香……。赭紅色花瓣風車形狀的大王仙丹，似乎沒什麼味道，用力聞便能嗅出淡淡的橡膠味。

在大王仙丹叢中，有一種攀藤類植物，長筒狀粉紫色花，細碎得像紙灰，一陣微風拂來正好充分將它特殊而濃重的氣味撲入鼻中，我不懷好意地要孩子們湊近花叢用力呼吸，孩子們紛紛蹙眉撇嘴，誇張地作出嘔吐狀，「好像大便喔！」有人抗議地說。沒錯，這可愛小巧的花有著名副其實的臭名：「雞屎藤」。

我在地上撿了幾個熟透幾乎呈芭樂黃的稜果榕果實，孩子們喜悅地大呼好香，像柳橙、像木瓜、像香蕉……說著口水都快流出來似的。

最後我將隊伍轉了個大彎，孩子們雖然知道已靠近河邊，卻意外發現愛河並沒有想像中的惡臭。

然後，我請孩子們卸下蒙眼布重見天日，並要求他們憑藉記憶找出剛才那些味道的源頭，當答案一一呈現眼前，真叫人驚訝。雞屎藤雖然惡臭如糞，花卻細緻美麗；稜果榕落地的熟果溢著水果香，卻爛得千瘡百孔，一點也不可口的樣子。只有七里香幸運的花如其香，大王仙丹和她的味道一樣，平淡無奇。

其實我們周遭充滿各種氣味，只是我們總是過於依賴眼睛做第一觸覺，尤其是走入大自然中。偶爾拋棄一下視覺，讓嗅覺充分發揮，會發現自然中充滿令人驚奇的味道喔！

嚐野果

帶學生到野外上課時，除了讓孩子們打開耳朵諦聽自然的聲音，並充分運用嗅覺感受各種植物不同的氣味之外，我還喜歡和孩子們一同分享大自然的另一項恩賜——嚐野果。

有一種匍匐野地而生的植物——毛西番蓮，它很細緻地用綠色密毛包裹未成熟的果實，等到綠色的果實轉成橘黃色時，我們就剝開薄薄的外皮，將黑色的種子及甜甜的汁液吸吮入口，味道有點接近百香果。

還有一種冬天結果的野菜——黑甜仔菜，它的果實黑黑圓圓像一粒小鋼珠，嚐起來味道酸酸甜甜的。不過我總要特別叮嚀孩子們，黑甜仔菜的果實具有輕微毒性，只能淺嚐幾顆不能貪多。

在嚐試野果的過程中，大部分的孩子總是等我先吃了一口確定沒事之後才敢嚐試；甚至有的孩子是一而再，再而三地看到其他孩子臉上喜悅滿足的笑容之後，才拋棄成見和我們一起嚐野果。在一次又一次的嚐試中，孩子們也於無形中體驗到大自然的豐富與奧妙。

我們嚐試過的許多野果中，最受孩子們歡迎的要屬南美假櫻桃了，它是一種野生喬木，也有人把它栽植為公園路樹。南美假櫻桃十分大方，一年四季都在開花結果，尤其當它結實纍纍時，站在樹下都能感覺濃而甜膩的香味瀰漫在空氣中。

每次經過南美假櫻桃樹，我們總會忍不住停下腳步，仔細尋找掛在枝上一顆顆粉紅、桃紅的成熟果實，有的個子矮小的便踮起腳

尖或跳躍起來，手伸得老長採擷野果。自己嚐了幾顆後，還頗細心地將其餘的裝在盒子裡，帶回家給媽媽吃。

有一回我們停在幾棵欖仁樹下，我向孩子們介紹欖仁樹的葉子到了冬天會變紅，而且會一片片掉落，禿著枝椏等待春天來臨。有人揀拾它的落葉燒水喝，聽說可治肝病。而它的果實由綠變成黃色時有芭樂的香味，可以直接咬著吃。更有趣的是在它硬實的果殼裡面有一粒扁而細長的果仁，吃起來像杏仁果一樣可口……。話還沒說完，幾個好奇心重的孩子已彎下身揀了幾顆褐色的果實問我能不能吃，我說要找爛一點的，把果殼敲碎才能吃到果仁。

於是我們一群人又蹲、又跪、又趴的，拿著石頭或磚塊對著一顆棗子大小的欖仁果敲敲輾輾，費了好大勁兒，終於吃到了花生米一般小的果仁。其中一個孩子笑著說：「我們好像原始人。」

我想，就是這種接近土地的姿勢，孩子們一步步蛻去文明的束縛，享受自然的野宴。

蛙鳴百囀

小時候看到書上總是寫著青蛙在荷葉上「嘓嘓」叫，鳥兒在枝頭鳴「啾啾」，蟬聲「知了、知了」叫了整個夏天。後來，我開始認真和大自然交朋友之後，才發現「嘓嘓」二字無法概括青蛙鳴叫，鳥鳴更是種類繁複，千變萬化，一隻鳥同時就可能擁有十多種不同的鳴聲，而且我也未曾聽過哪一種蟬的叫聲是「知了、知了」的。

有一回帶朋友上山，忽然從密林中傳來細嫩如幼貓的「喵喵」叫聲，朋友很訝異山上的樹頂還有野貓呀！其實那是一種全身烏黑，

貢德氏赤蛙鳴聲沉緩而宏亮，這種進行假交配的姿勢可持續一整晚。

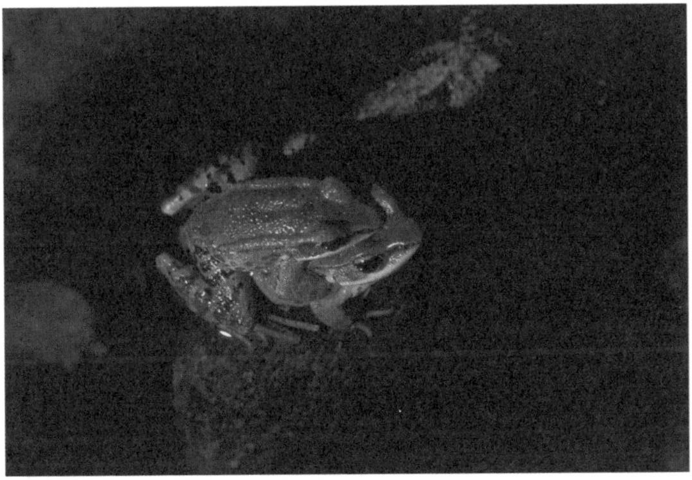

嘴巴及腳是猩紅色的鳥——紅嘴黑鵯，正嬌羞地呼喚同伴呢！

　　夏夜裡獨自在山中的小徑散步，各種不同的蛙鳴自雨後的潺潺溪澗旁傳來：一連串如電話鈴聲的是莫氏樹蛙，像雨鞋踩入水窪的是拉都希氏蛙。驀然自黝暗的溪谷傳來斷斷續續如口哨聲的鳥鳴，在冷涼的山夜裡，那鳴聲特別顯得孤單無助；心想，這麼晚了怎麼還有迷途的小鳥找不到親人呢？那鳴聲間斷而單調地持續著，和其他的蛙鳴形成三部合聲，協調而不紊亂；忽然想起來，這如鳥鳴的聲音，原來是來自於斯文豪氏赤蛙，而不是鳥兒。

又有一次下過雨的午後，我正要穿過學校的操場，那是一片被綠樹圍繞的野草地。突然，從草叢裡傳來一聲簡潔清脆，卻微帶顫抖的蛙叫。我循聲撥開草叢，赫然發現一隻後半部被一條身體有黑白環紋的小蛇咬住的金線蛙，正對著我睜著無辜且無助的眼神，小蛇感覺到我的靠近，緊咬住金線蛙迅速往草深處穿梭，小蛇的眼睛像兩顆小彈珠，而蛙兒又發出一聲垂死之前抗議似的呼喊。我正在猶豫是否要干擾大自然的食物鍊法則，也許那條小蛇已餓了許多天，蛙兒成為蛇的食物是牠的使命——我還在思索中，那蛇已經沒入草叢中，我揀起枯枝撥弄草叢翻找，卻再也沒有蛇和蛙的蹤影。

用身體與自然對話

經過幾年來的嘗試與摸索，現在我帶學生到野外觀察，便少了許多挫折和混亂。當我們發現小生物時，我也逐漸能夠擺脫急欲告訴孩子「這是什麼」、「牠有什麼特性」、「牠在生態上扮演什麼角色」等知識學習的習慣，而讓孩子把生物當作朋友，先做觀察，再去瞭解牠。

有時，我讓孩子各自找一種生物觀察，並學習牠的肢體語言，最後在大家面前表現出來，讓別人猜是何種生物。

孩子本身單純而外放的特質，使他們樂於在別人面前伸展自己的肢體，不像大人那樣尷尬。所以我們可以看到從短短的觀察中，孩子便能將動物的行為轉化成身體的語言，自由而活潑地展現於外：像模仿毛毛蟲蠕動前行、交配中的蝴蝶與椿象、被蜘蛛扛著的獵物、蟻獅慌亂逃命時的動作……。每次看到孩子展現自由的身體語言及瞬間的創造力（年紀愈小的孩子，這種特質愈顯著），總是讓我感動不已。

有時孩子為了讓表演更真實，也會尋求合作，集體演出某種生物的行為。像馬陸行走、六隻腳的昆蟲走路、吃東西、疊在一起裝死的椿象……，只見他們柔軟地趴倒在地，也不管草地上的泥土和螞蟻，幾乎是出於一種天分，把自己融入另一個生命狀態中，那份渾沌與自在，讓土地和身體如此接近，真叫人羨慕。

從細膩的觀察裡，孩子們逐漸掙脫制式的觀念，重新認識其他

於呼吸、吐納之中，
融入自然的律動。

生物的各種行為。同時，經由這種身體與自然的對話方式，孩子的心靈便與自然萬物更親近一些，甚至從中獲得啟發。記得有一個六年級的孩子若有所感地說：「仔細觀察小生物的行為，才發現牠們雖小，卻不簡單，實在比想像中要複雜多了！」

想像自己是一棵伸展著枝椏、日益茁壯的大樹，無窮的活力在體內湧現。

把春天吃到嘴巴裡

最近參與自然觀察課程的孩子，年齡層愈來愈低，所以在出發前，我總要先詳細說明當天上課的主題，好讓低年級的孩子進入狀況。

這一次的野外課，除了讓孩子認識樹木、訓練觀察力、發現樹上的小生物之外，最重要的是讓他們扮演大自然的廚師，利用大自然的材料做一道野菜。

當孩子們了解上課的主題之後，便在我的解說過程中，一邊像小福爾摩斯般張大眼睛尋找住在樹上或草叢裡的微小生物，一邊分工合作蒐集作菜的材料。

後來我們把蒐集到的材料擺上公園的大理石桌時，發現孩子們選擇的素材，都是我剛才教過的可食的野菜。

幾分鐘之後，一盤盤奇形怪狀的野菜便出爐了。

大體上看來，小男生的成品多半菜色粗獷，材料也趨於簡單。像其中一組便用十幾顆青綠色的欖仁果圍成一圈，中間擺了一朵朱槿，菜名也很直接，就是「欖仁圍紅花」囉！

另一組小男生細心地找來石板當盤子，上邊卻擺著澀青、黃熟、搗爛的發黑欖仁果，菜名就乾脆取為「欖仁火鍋」。最後一組男生的作品倒真是野味十足，襯底是一大坨刈草機剛割下來的野草，上面擺了幾片完整的綠葉，重點是綠葉上那隻活跳跳的蚱蜢，他們說這道菜可是很補的呢！

反觀女生的作品便賞心悅目多了，二年級的女生組用綠色欖仁果圍成一個圈，中間擺了黃色香水花，上面點綴兩顆粉色的榕樹隱花果和一朵紅色仙丹花，菜名也是極美——流星果。另一組女生巧思排成了一把扇子；而另外一組更是五彩繽紛，美人樹、香水樹、石榴果、川七、仙丹，紫的、黃的、紅的、綠的、粉色的……。女孩把這道野菜取名為「春天」。

把春天吃到嘴裡，是什麼樣的滋味啊！

在活動的過程中，孩子們學會相互討論、互助合作，而從中激發出來的創意更令人欣賞。

卷四

沙卡的故事

生命來來去去，校園中不斷發現燕子、麻雀築的各種鳥巢，野草花更是自開自落。一個七歲男孩教會了我，自然生生滅滅，無須太過執著，執著便是苦。

遇見沙卡

沙卡小學是一所位於台南縣玉井的體制外生態小學。

當初會來到這所山谷中的小學也是極自然的緣分，因為在那樣一個溫暖的冬日午後，來到鳳凰樹下聽見坐在樹上的男孩在微風中念著他為苦楝樹寫的詩時，我便知道我會來到這個地方，愛上這裡的人和事。

在學校的每一天都充滿了音樂、汗水、泥土和花草香。今年，孩子們最大的成就便是吃到自己親手栽種的有機草莓，充滿泥土的芬芳。

這學期開始我也在農田的一角撒下種子，學習成為一個業餘農夫，圓了十多年的夢想。

當農夫和當老師之於我有很大的共同點。農夫從泥土裡的生命汲取智慧，而老師則是從學生身上獲得成長，都是有福氣的人。

雖然「沙卡小學」不隸屬於體制內，許多事是在頗為艱難的情況下完成的，但這裡有熱心奉獻的好老師，有豐富的自然生機，孩子們會在自然萬物的啟示中，學習自由和成長。

沙卡的孩子，總是能自由的展現出與大自然的契合，盡情的融入大自然中。

竹林中的對話

初春時分，包圍著惡地形的大片竹林，在進行一場生與死的交替時，將大地點綴成金黃色的春天，充滿浪漫的氣息。

學校位在惡地形的邊陲，竹葉浪漫的黃也蔓延至此。我帶著三個一年級的學生走入春雨過後的竹林中，空氣氤氳著一股清新和舒爽。日前一陣溫暖的春雨，引出大批蟄伏土道中的白蟻，弦瑄問：

「為什麼白蟻要在下雨天出來？」

對呀！為何不在晴天時出來玩呢？

沈悅說：「因為下雨天大家都躲在家裡，沒人會傷害白蟻。」

在童稚的想法裡，人類是萬物的敵人，所有的生物都害怕人類的捕殺。

竹林的小徑不斷有令人驚喜的小花冒出來，姬牽牛、粉牽牛、賽芻豆、葛藤、蛇莓等……我和孩子們興奮地蹲下身來欣賞小花的美，嗅聞小花和葉的香，看起來比小蜜蜂還要忙碌呢！竹林深處有一棵柚子樹正開著粉白的花朵，散發水果一般的香味，不待我說，祈修已將鼻尖湊近花朵用力嗅聞，鼻頭還沾了不少花粉。另外兩個在祈修的讚嘆中也忍不住踮起腳尖，享受柚子花的香味。

我問，為什麼柚子樹要開花？孩子們很有概念地回答，因為要結果，果子掉下來埋到土裡變成養分，就會再長出新的樹來。

「這就是生命輪迴的道理，你們懂嗎？」我準備花一些功夫來做解釋，卻見孩子們很理所當然地點頭，大聲答說：「知道啊！」

看來新人道教學的理念，已在孩子們的思考中植入萬物一體、生生不息的觀念了。

一陣風挑起葉的舞姿，片片金黃和風一起翻飛，多美的春天啊！記得竹葉原是青綠的呀！怎會蛻成金黃呢？

弦瑄說：「因為下雨了。」

沈悅和祈修答說：「因為竹子變老了，像人老了頭髮會變白一樣。」孩子們的回答使我不禁莞爾。

午後這趟竹林散步，讓我發現和童稚的聲音偕行於大自然中，是一種極美好的感覺，如春雨後的清新舒爽。

養蝶記

教室前面種了兩棵金桔，秋天的時候，葉子上幾乎爬滿了毛毛蟲，我和學生們就各自抓一隻幼蟲回去養在透明觀察盒裡。毛毛蟲很好養，我們摘幾片金桔葉給牠當食物，另外在盒子裡放置沾溼的衛生紙保持溼度就行了。

幾天後一個二年級的學生，把一個青綠色有淡金橫紋的蝶蛹交給我，蛹本來有細絲固定在透明盒中，但是經過激烈的搖動細絲便斷了，當蝴蝶自蛹中羽化出來時，必須有東西讓牠抓住使力，所以

蛹必須是固定的（這是我自己的想法），於是我把學生養成的蛹帶回家中，綁在樹枝上，等待羽化。

而我養的毛毛蟲在幾天之內也蛻換了外殼，食量增大，最多一天啃掉十多片金桔葉，終於幼蟲變成綠色，且腳部似鳥糞一般不乾淨的白。幾天後，牠也自己結成了一個青綠色的蛹。很可惜牠蛻皮及結蛹時都在半夜，我並未親眼目睹。

學生的母親告訴我，她的孩子在養毛毛蟲那段時間，每日清晨六點半就自動起床為毛毛蟲清理糞便。有一天晚上葉子沒了，他還特地請媽媽騎三十分鐘來回的路程去教室前摘金桔葉，他很專業地告訴媽媽，金桔葉是這種毛毛蟲的食草，其他的葉子牠不吃。

有一天學生認真地告訴我，他認為那隻羽化後的蝴蝶會回去找他，因為他養牠那麼久（一個星期），所以他很擔心放在我家的蛹化成蝴蝶後會找不到他。

以柑橘類的植物為食草的台灣無尾鳳蝶，在空氣汙染的環境中仍有極強的適應能力。

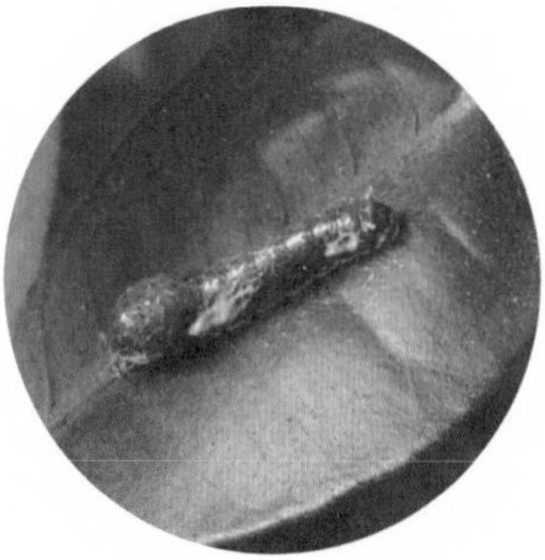

當時我聽了只是笑笑，並未多說什麼。

學生的蝶蛹綁在枝上變成深褐色，絲毫無動靜，後來我拿了一把小刀將蛹切開來，裡面只剩土褐色的碎屑，牠早就死了。

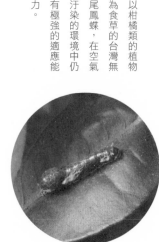

而我的蝶蛹卻順利地羽化成一隻眼睛及觸角深黑，身體米黃，翅膀有藍橘黃紅的塊斑及黑色橫紋的無尾鳳蝶。牠在小小的觀察盒裡似乎很不安。我想留著下午上課時給學生看，又怕關在盒子裡太久牠會餓死。

後來因為一念之仁，我打開透明盒將牠放在紗門上，牠停在那裡不動，我以為牠還不太能飛，於是把牠輕輕放在日日春的花瓣上，牠微微顫了兩下翅膀，便如一片羽毛般輕盈地飛向天空，幾秒鐘就看不到牠的蹤影了，我心裡突然有個念頭：牠會不會再回來這個牠生命出發的地方？

我轉身將紗門打開，靜靜地等著。

只要在家門前種一棵金桔，便能引來美麗的台灣無尾鳳蝶。

灰胸秧雞和翠鳥

那是一個被遺忘的水塘，因為被遺忘而能有純淨的空間讓生命滋養，成為水鳥的天堂。

水塘四周是蔥綠蓊鬱的欖李叢，欖李是紅樹林樹種之一，在台灣數量並不多，在這裡卻長得很好。清清的池水被欖李的倒影盪漾得綠波粼粼，六隻紅冠水雞悠游自在地於水波之上嬉戲，我帶著三個小男孩，躡手躡腳地接近水塘邊緣，其中一隻生性機警的小鷿鷈旋即低頭滑入水中。我一邊低聲提示三個菜鳥紅冠水雞的位置，一邊翻開鳥類圖鑑讓孩子們對照印證。

突然有一對黃小鷺自我們身旁的樹叢中鼓翅飛起，尾羽兩塊大黑扇似地拍過水面，其中一隻母鳥停在對岸的欖李樹上，以牠慣有的伎倆——擬態，紋風不動，我趕緊叫孩子們拿起望遠鏡搜索，而那隻黃小鷺倒是挺配合的，直到三個小男孩終於用望遠鏡找到牠之後才振翅飛離。

黃小鷺離去後，水面又恢復平靜，只有褐頭鷦鶯在遠處「得、得、得……」地啼喚，偶爾有一、兩隻紅鳩或小白鷺笨重地飛入木麻黃林，留下厚重的撲翅聲。

我們靜靜等待著，倏然，又是一對！翠鳥，雙雙掠過水面，像兩顆藍綠寶石劃過黑絨布一般清晰耀眼，孩子們大聲叫著：「哇！綠色的翅膀，好漂亮！」「腹部是橘色的！」

我把圖鑑翻到翠鳥科那頁——「頭頂至後頸暗綠色，密布淡藍色光點。背部至尾翼有耀眼的暗綠色澤及藍色光點，胸以下橙色……。」其中一隻翠鳥停在牠習慣棲佇的突出的枝椏上正對著我們，缺乏賞鳥經驗的孩子卻很難發現牠。

這裡有一隻翠鳥居留，我是知道的，不過來訪十多次倒是頭一回看到一對翠鳥比翼雙飛，景象實叫人難忘。

我繼續帶領孩子們穿過矮草叢，彎入欖李叢裡，更接近紅冠水雞隱沒的地點，雖不見半隻紅冠水雞，卻在慘白的欖李樹根糾結中發現一隻有鼠灰色胸部、紅嘴、頭頂至後頸呈褐紅色、腹部有灰褐色、白色橫斑的秧雞科水鳥，撐起肥嘟嘟的身體獨自在隱密的泥濘地邊緣低頭啄食，從圖鑑上確定牠的名字叫「灰胸秧雞」。

書上說牠是台灣特有亞種，數量稀少，通常單獨出現於水田、溪畔、池塘及沼澤附近之草叢中。於晨昏時分活動不易見。曾於台中大肚溪口、彰化福祿溪、雲林、嘉義鰲鼓、台南四草及安平、高雄澄清湖、台東大坡池等地區發現過。書上未提及此處，也許我們是第一個在這裡發現牠的人。我壓抑著興奮的情緒，希望孩子們能趕快以肉眼或望遠鏡觀察到這隻僅存於台灣的珍稀鳥類。

三個小男孩擠在欖李樹下斜窄的灘地上時蹲時站，找尋最佳角度，望遠鏡和雙眼交叉併用，十足探險家的架勢，在灰胸秧雞隱入密叢之前，成功地掃瞄到牠。

然後，在我們轉身離去之際，一隻白腹秧雞從容地步入草叢裡，我快步循跡找去，在旱地裡遍尋不著牠的蹤影，天空也沒有鳥飛的印跡，白腹秧雞躲在隱密的角落等我們離去，像玩躲貓貓的小孩。

這塊被遺忘的荒野生機愈益精采豐饒，算算今天看到的鳥種，收穫實在太豐富了。

走出欖李樹林，三個小男孩忙不迭地撩起褲管猛力地抓搔一邊喊著：「好癢！」

我笑著說：「如果這麼一小片的草叢都受不了，以後就沒資格去亞馬遜熱帶雨林探險了。」

話一說完，三個孩子都噤聲不再喊癢，甚至連抓癢的動作也慢了下來。不知是好強還是真想去探險？

回程的路上我問三個孩子：「如果讓你選擇，你要當台灣特有且數量稀少的灰胸秧雞？還是要做普遍易見卻美麗非凡的翠鳥？」

四年級的志宏說：「我要當翠鳥，因為牠很漂亮。」

「我也要當翠鳥，因為灰胸秧雞數量稀少而珍貴，比較有可能被獵殺。而且翠鳥真的很美，讓人印象深刻。」五年級的黃雲說。

二年級的明哲則有不同的答案，他想當一隻灰胸秧雞，因為較特別。

說完，明哲問我：「老師，妳覺得誰的答案比較聰明？」

「沒有誰比較聰明，每個人都可以有自己的想法，並且懂得去欣賞別人的美，那才是最重要的。」我淡淡地說。

灰胸秧雞和翠鳥都有其獨特的美。

六月，小鷺鷉

六月，雖是火傘高張、酷暑難當，卻也是小鷺鷉繁衍下一代的時節，在西南沿海一帶的溼地及廢棄魚塭處處可見小鷺鷉親鳥合力築巢、孵卵、育雛的景象。

我特地安排了一堂課，帶自然寫作班的孩子去永安觀察小鷺鷉家庭。我的這批學生有幾個是新加入的菜鳥，連望遠鏡都還不知如何使用，然而小鷺鷉的巢築於水面，並且與陸地有一段距離，只要不高聲喧嘩，耐心等待，要觀察小鷺鷉並不難。

溼地中正好有兩窩小鷿鷈，一邊親鳥還蹲坐在蘆葦編織的溼巢上耐心孵蛋，偶爾牠會站起來用嘴喙將蛋翻面，以免一半熟一半不熟，我們還看見另一隻親鳥銜著蘆葦稈修補溼巢。

另一邊幼雛已能隨著親鳥出來游水，其中一隻還坐在親鳥的背上，偶爾失足滑了下來，便又急急地爬上親鳥的背上，模樣可愛極了。

小鷿鷈旁若無人地在溼地中活動，我們也很安心地透過望遠鏡或肉眼來觀察牠們的一舉一動，連沒有賞鳥經驗的七歲孩子都看得清清楚楚。

我趁機告訴孩子們：「小鷿鷈在鳥類中可是模範家庭喔！不僅築巢、孵蛋都是小鷿鷈夫婦合力完成，牠們還會照顧初生的小小鷿鷈學會游泳、潛水到抓魚，獨立生活為止。去年我還看見已經學會抓魚的小小鷿鷈，因為偷懶想搶媽媽嘴裡的魚，小鷿鷈媽媽便啄了一下小小鷺鷉的屁股，好像在告訴小小鷺鷉——你已經能夠獨立自主了，不能再依賴媽媽了。」

這時小鷺鷉夫婦突然起腳在水面上短跑，追趕另一隻小鷺鷉成鳥，小鷺鷉的領域性極強，尤其在育雛期間，只要有同類接近，都會予以驅逐。

太陽已落，溼地中的鳥聲啁啾愈益熱鬧、紅冠水雞、魚狗、鶺鴒和白頭翁的出現，更增添溼地的野趣。紅鳩群聚於夕影殘照中的一棵枯木上，野地之美令我們捨不得離去。

三個月後，我於室內放映幻燈片，以城市自然觀察為主，其中我提出一個問題——如果城市中有一個水塘，會出現哪些生物在裡頭？一個一年級的學生直接聯想到的便是——小鷺鷉。

我深信親眼目睹的鮮活景象，要比課堂中講述千百遍來得深刻——大自然教室裡多的是取之不盡的活教材呢！

小鷿鷈頂著「六月火燒埔」的炙陽，在水面的巢中孵蛋。

八月，小小鷿鷈隨著爸爸媽媽悠游水中，開始學習潛水、抓魚的謀生技能。

螳螂記

小螳螂

冬天的野地裡，在一片看似荒蕪的枯草中，很容易發現螳螂的卵——螵蛸。紙質蒼黃的顏色，包在枯枝上是很好的掩護色。不過，我和學生們都很好奇這樣一粒和鸚鵡蛋大小的螵蛸，如何能孵出兩、三百隻的小螳螂呢（書上說的）？為了解除心中的疑惑，於是我們從野地裡採集了兩個螵蛸回去做觀察。

本以為小螳螂要等到二、三月春天來時才會孵化（這也是書上說的）。就在採集回來的第二天，保管螵蛸的黃雲卻打電話來說：「小螳螂出來了！可是只有兩、三隻。」初孵化的螳螂只比蚊子大一點，身體是枯木色。又等了幾天，原先孵化的幾隻螳螂跳走了，而螵蛸卻不再孵出小螳螂，也許是溫度或是震動……等因素造成了差錯。

不過為了小螳螂的食物，學生們自動地去翻書找資料，不但更了解螳螂的生態，也啟發了孩子自發學習的動機。

寄生蜂

另一個螵蛸在幾天後跑出幾十隻像果蠅般大小，體黑，有薄翅能飛行的昆蟲。而其中還有好些隻尾部拖著比髮絲還細還烏黑的產卵器。啊哈！我們真是幸運，目睹自然界一種奇妙的生存者的誕生——寄生蜂。

藉由寄生蜂這個活教材，我開始跟學生解釋它如何鑽進螵蛸中產卵，而孵出的小蜂則以螳螂卵為食，之後化蛹蛻為成蟲，跑出螵蛸外，便開始尋偶交配，母寄生蜂再找另一個螵蛸產卵的過程。

二年級的明哲聽了大為吃驚：「寄生蜂怎麼這麼殘忍！吃人家的小孩。」

「自然界的食物鏈原本就是殘忍的。不過，寄生蜂的存在是值得思索的問題。」我問：「你們覺得寄生蜂存在的意義是什麼？」

「吃螳螂的卵。」明哲不假思索地回答。

「對！牠吃了螳螂的卵，螳螂的數量是不是就會被抑制？」我嘗試著引導孩子們思考。

「我知道了！」五年級的黃雲拍了一下自己的大腿說：「寄生蜂

讓螳螂的數量減少，螳螂的食物就不會不夠，這是一種生態平衡。」

黃雲有如此清晰的邏輯推演的思考能力，頗令人讚賞。而寄生蜂與螳螂的關係，讓我們更真切地體會到，自然界每一種生命的存在，都是具有意義的。

水塘中有鱷魚

觀察自然生命誕生的過程是一件吸引人的事。這幾次的經驗，讓黃雲產生頗大的興趣。一回，我帶他們到永安看水鳥，又發現好幾個螵蛸，黃雲要求採一個回去觀察，我同意了。

兩天後，黃雲的父親打電話來，語氣帶著興奮：「洪老師，妳有沒有拍過上百隻螳螂集體孵化的照片，哇！好壯觀。」放下電話時，我心裡想，黃雲的手真是幸運之手，採集三個螵蛸竟呈現三種不同生命型態，也讓大夥兒開了眼界。

翌日，當我從黃雲的父親手中拿到裝著螳螂的玻璃罐時，裡頭已經躺著超過五十隻的螳螂屍體，其他還活著的，有的顯得慌張，胡亂向前揮舞牠一折即斷的手鐮刀，有的卻神情自在地清理手上的毛。

當晚，我目睹了一隻飢餓的螳螂生吞活啃掉同類的畫面。牠花了二十分鐘只吃掉尾部及右後腿，然後就把屍骸棄於一旁，上下顎滿意地左右嚼動咬碎口中的鮮肉。我知道，牠不會再去碰這一餐剩下的殘骸了。可惜螳螂只吃新鮮的活物，不吃死的，否則那麼多的螳螂屍體夠牠們吃好幾天了。

隔天的野外課，我們一起把螳螂放回野地去。在途中我把昨晚螳螂自相殘殺的那一幕描述一遍給孩子聽，明哲聽得嘴巴都張開了

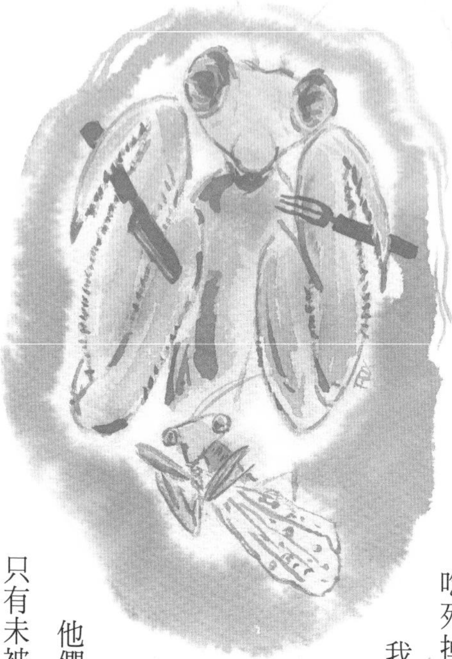

「明哲，你猜為什麼小螳螂不吃死掉的螳螂，而要吃活的。」我問。

「我想是因為那是牠的同伴死掉了，牠很難過，所以不忍心吃牠們。」而五年級的黃雲也認為答案是如此。聽見他們語氣的認真，不禁動容，只有未被知識和經驗束縛的孩子，才會有如此天真而動人的想法。

「那為什麼小螳螂又要吃活的

螳螂呢？」我問。

「因為餓得受不了啦！不得已才吃的。」語氣中帶著不滿，似乎在替小螳螂抗議似的。

我笑了笑；接著問：「你們知道剛孵出來的小螳螂為什麼會死那麼多隻嗎？」

「被壓死的！」明哲說。

「餓死的！」黃雲說。

「這些都有可能。其實在自然界中，一個螵蛸孵出來的螳螂能順利蛻六、七次皮而成為成蟲的，大概只有一、兩隻而已；因為小螳螂太脆弱了，天敵又多，這也是螵蛸中會有這麼多螳螂卵的原因。」

我向孩子們解釋螳螂的生態之後，又提出一個問題：「你們認為剛孵出的小螳螂在野外存活率比較高，還是被人飼養的存活率高？」

明哲搶先回答：「在野外吧！因為，嗯——那本來就是牠們生長的環境。」

黃雲則慢條斯理地說：「我想，如果食物充足，被人飼養的螳螂就可避免天敵的威脅，存活率會比較高吧！」

我仔細凝聽兩個不同年齡卻都極聰明的孩子心中的想法，彷彿看見一個孩子從渾沌無知的想法，逐漸加入知識與經驗的判斷，思慮愈趨理智的成長軌跡。然而，那份令人欣賞的原始的天真，就在成長的過程中不知不覺地被磨蝕掉了。就像那回在黑暗中經過一個水塘，看見水央橫出一根枯木，明哲大聲喊著：「老師，有鱷魚耶！妳看！」

「對呀！好大的鱷魚唷！」我附和地說。黃雲聽了馬上嗤之以鼻地說了一句：「太可笑了，這裡怎麼可能有鱷魚！」

明哲受到取笑即不情願地反駁：「我知道啦！」

在知識的傳遞中，我儘量求其準確，然而當孩子有一絲異想天開的奇怪想法出現時，我總是以欣賞的角度去看待。我寧願支持一個孩子相信螳螂會為死去的同伴傷心，而城市中的一處水塘有鱷魚的純真想法。

白頭翁

學校位於玉井鄉間的山坡上，半公頃不到的校地，堪稱超迷你小學，景致卻也十分迷人。校園中栽植楓香、菩提、茄苳、南美假櫻桃、苦楝、小葉南洋杉、黑板樹、馬拉巴栗、波羅蜜、芒果……喬木，還有學生親手栽種的各式草花，向日葵、玫瑰、雪茄、桂花、七里香、印度聖羅勒、單花蟛蜞菊、紫花霍香薊、紫花長穗木……顏彩繽紛蔓生其間，看似亂無章序，卻在無形中與自然形成一種和諧的律動。

學校從不灑農藥，任生物恣情生存，加上毗鄰校園的荷花池，長長夏夜不斷有螢火蟲提燈來造訪，迷你的校園更是成了野鳥覓食、嬉戲的天堂。

數量最為龐大的要屬麻雀、燕子及白頭翁了。而綠繡眼、紅鳩、斑鳩、大卷尾、五色鳥……都是常見的鳥。

一回孩子們在教室前面製作書架，鳳凰木上一隻台灣畫眉也費盡力氣婉轉鳴唱，與電鋸的震耳嘈雜聲相對抗，為我們增添不少工作情趣。

五月，向日葵重新展顏的季節，一年級的沈悅抓著我的手興奮地與我分享他前一日的新發現。他以急促的語音向我述說經過：早上他看到一隻白頭翁叼著蟲飛入一年級教室前，那棵約二公尺高的葫蘆竹中旋即又飛了出來，他尾隨往竹叢中一探究竟，發現一個碗口大的巢中擠著幾隻雛鳥。

整個早上，白頭翁媽媽來回穿梭無數次，只為填飽飢腸轆轆的幼雛。

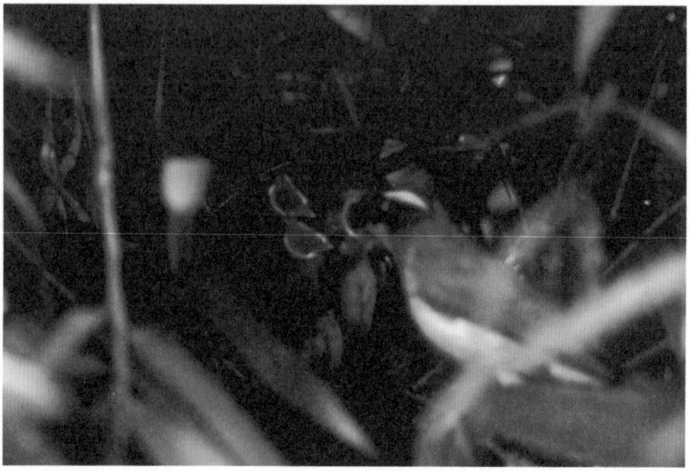

我輕輕撥開低垂的竹葉，四隻棕色雛鳥緊挨著閉眼睡覺，巢築在離地面約一四〇公分高之處，直徑約十公分，深約五公分，不待細看，白頭翁媽媽已發現我們的侵擾，在棚架上急噪地發出短促的警戒聲，一聲比一聲急促。另一個孩子祈修見狀便說，白頭翁媽媽在抗議了，並且要求沈悅向白頭翁媽媽道歉，然後趕快離開。

看見沈悅恭敬地向叫囂

白頭翁是都市中常見的留鳥。

中的白頭翁鞠躬道歉時，我想，在大自然環境的涵養之下，他們已於無形中學會如何尊重自然生命。

　　白頭翁選擇距離人類活動咫尺的地方築巢，顯示此處讓牠感到安全，人與動物已達到某種程度的和諧，是個可喜的現象。

　　翌日我持續觀察白頭翁的行動，發現白頭翁爸爸似乎早在交配完那一刻或築完巢後離逸，只剩白頭翁媽媽獨力負起捕蟲銜果餵蟲、捍衛雛鳥的工作。

為了拍下較近距離的鏡頭而過分接近雛鳥的巢，白頭翁媽媽氣得連銜在嘴裡的龍葵果實都不顧，拚命地叫囂，然而叫了半天卻不見任何救兵前來。

我急忙向白頭翁媽媽致了歉，退到兩公尺半的距離，等待捕捉母鳥飛入巢中餵哺幼雛的瞬間畫面。整個早晨母鳥持續不斷地捕食餵雛，看到幼鳥朝天張大了口嗷嗷待哺的情景，內心有股難以言喻的感動。

入夜後，忍不住又去探視白頭翁的小巢，發覺葉隙太大，雛鳥顯得有些暴露其外，於是上前將竹葉撥攏，而其中一隻警覺性較高的雛鳥，一度激動地站了起來，張大口向我抗議，而差點失衡摔出巢外。久久卻不見白頭翁媽媽的蹤影。

第三日清晨，愕然發現竹葉隱蔽下的鳥巢已空，四隻雛鳥全不見了蹤影。怔怔看著空去的鳥巢不禁揣想，不知牠們是羽翼已豐，可以獨立生活而各奔前程了；或是在深夜裡，曾發生了什麼動物之間的掠奪爭戰；抑或是白頭翁媽媽不堪我的干擾，而將四隻幼鳥移棲；也或者白頭翁媽媽帶著四隻幼鳥展開學飛之旅……。不管如何，陽光底下，我只能對著空了的巢張口悵然，像小孩失去一處以為可以天天去探祕的小天地一般。

我喚來沈悅，告訴他鳥兒不見的事，問他：「會不會難過？」我想在另一個人身上找到此刻失落情緒的某種支持，即使對象是一個七歲男孩。

沈悅爬上欄杆，用手撥了撥空巢，語氣平常地說：「不會呀！」

「為什麼？」我感到有些失望。

「這是很平常的事啊！鳥長大了就會離開牠的巢，我早就知道的了。」

說完，他爬下欄杆，又回去繼續草叢裡抓蟋蟀的遊戲。

生命來來去去，校園中不斷發現燕子、麻雀築的各種鳥巢，野草花更是自開自落。一個七歲男孩教會了我，自然生生滅滅，無須太過執著，執著便是苦。

生命花園

之一

學校裡每一個孩子都有自己專屬的地，由孩子自由種植他們喜歡的植物，或灑下野外撿來的種子，每日親自用鋤頭扒土、灑水施肥，幾個月下來，校園已被孩子們成功培植的花草點綴得五彩繽紛。

後來，我也選了一塊地，準備種植野外撿來的種子。那日，手持鋤頭正辛勤地清除雜草，也許是很少有機會拿鋤頭，所以十分拚命，除得很徹底。二年級的欣潔突然跑過來說：「泥（孩子經常不喚我『老師』；只是親暱地喊我『泥』），妳不是叫我們不要亂摘植物嗎？妳現在除草是不是破壞植物？」

我放下鋤頭，在已經賴在泥土上的欣潔面前坐下來（欣潔老是喜歡坐在地上或躺在泥土上），向她解釋：「我除草是不得已的，我現在要整地埋下新的種子，這些野草長在這裡會佔去養分和空間，讓我埋下的種子無法生長，而且也無法讓我把土翻鬆，所以……。」

欣潔不等我說完便跳起來，舉起食指，詭詭地指著我：「喔！（音故意拉得好長）妳傷了植物的心！」

之二

學期即將結束之前的最後一堂作文課，我和孩子們一起到花園做一次巡禮，分享這學期來種植的成果，並要每一個人為自己的花園命名。

距離校門口最近的是人豪的地，有紫花藿香薊、羊蹄甲、昭和草及紫花長穗木，幾乎都是菊科的野草。人豪將他的花園命名為「辛苦花園」，因為他覺得他照顧得很辛苦。

再來是楚航的地，有羊蹄甲、向日葵、月橘（七里香）及桂花，桂花正稀稀疏疏開著小花，散發淡淡清香。楚航的花園叫「綜合花園」。隔壁是皆興的地，只有三棵植物，看似營養不良的紫花藿香薊、波羅蜜幼苗及七里香，聽說七里香還不是他種的而是搶地搶來的，他要命名為「十字花園」，可是我覺得「懶人花園」比較適合，希望這名字能給他臥薪嘗膽的激勵，下學期更用心地努力去除污名。不過他很生氣我為他命的名，而在作文中寫著要叫我的花園「尿尿花園」，並且要不定時在我的花園撒尿。

接下來是我的地了，我的地是剛開闢的，看似一片旱地，只有一棵向日葵兀自開著花，我說我剛埋了很多種子，油桐、山粉圓、落地生根的葉、野百合、烏桕……，雖然表面上看起來沒有生機，可是泥土裡卻有很多生命在醞釀喔！雨蓁在一旁聽了即說：「那妳的地就叫做『生命花園』好了。」我很滿意這個名字。

我的隔壁就是雨蓁的地，可以看出女孩子的細膩，植物種類多達十幾種，她自己取名為「baby 花園」，為了紀念一隻被附近農人毒死的母狗。

弦瑋的地也很豐富，仙人掌是在野地瀕死邊緣中拔回救活的，日日春、雪茄花也都長得很好，他的花園命名為「仙人掌花園」。

宇杰的花園有仙人掌、黃花酢醬草、玫瑰、向日葵、檸檬及波羅蜜幼苗，他想了很久才決定將他的花園命名為「檸檬花園」。

威宇的花園名字很有創意，叫「搖滾花園」，他覺得種子滾來滾去，也不知滾到哪，所以想取這樣的名字。

而鐵鍇的花園應該較接近「農田」，有木瓜、番茄、花椰菜和玫瑰花，如今都結實纍纍接近成熟的階段。他把花園的名字暫訂為「七彩花園」，聽說鐵鍇的手很神，種什麼都活，我想他真的是天生的農夫，鐵鍇兩歲時即告訴媽媽他想當一個農夫。

相較之下，政道的花園就顯得荒蕪，「荒蕪花園」倒是很適合這個只有兩棵未開花植物的花園，不過他堅持叫「道丁花園」。

前面都是四、五年級的地，二、三年級的花園則看得出來有用心在照顧，因為花開燦爛而顯得色彩繽紛，楚芸的地取名為「色彩花園」，欣潔則叫「野草花園」，她是任野草生長而不清除的。俊

杰放棄原先較有趣的「光頭老么花園」而改名為「連體嬰花園」，兆晏是「晏丁花園」，恩銓則是「向日葵花園」，他的地此時正盛開著鮮黃色的向日葵。

走完這一趟花園巡禮，我們回到教室進行投票，決定哪十個人可以獲得獎勵。投票的結果當然會有人排除在獎賞之外，看到落選者失望的表情我又開始不忍心，於是我把決定權交給孩子，讓孩子提出個人的看法是否要皆大歡喜人人有獎，還是維持原議。而大部分的孩子都提議維持原議，如此才能達到獎勵與激勵的效果。未受到獎勵的人（所謂的獎勵是大家的認同、讚美及一片口香糖而已）才會反省，下學期更用心照顧自己的花園。

看到孩子們成熟地表達自己的想法，進而維持某種程度的秩序，令人欣賞。來年，我們將持續「親手操作，從做中學」的教育理念，讓一片片「生機花園」、「生機農業」在我們的手中共同創造出來。

那條溪像巧克力牛奶

連續十多天的豪雨，學校周圍環境也因雨產生一些變化。作文課我想讓孩子們描寫大雨過後的情景，於是挑選一個大雨乍歇的午後，帶他們到戶外做實地觀察，孩子們顯得格外興奮，他們被這場雨困得太久了。

雖然空氣中飄逸著雨後的清新，走在被雨淋溼的泥窪地上，卻不是件舒服的事，孩子們爭相向我報告他種的哪棵植物被水淹死的災情，雖然平日常埋怨南台灣的陽光太過毒辣，然而連綿不斷的豪雨，卻是更可怕的殺手。

大地獲得短暫的喘息，白頭翁、麻雀、黑枕藍鶲、樹鵲、畫眉紛紛傾巢而出，我們一邊忙著分辨每一種獨特而熱鬧的鳴聲，一邊忙著用肉眼辨識跳躍枝頭的一個個輕盈的身影。

下雨時，小鳥怕羽毛被雨弄溼，所以都躲起來，現在好不容易雨停了，小鳥都高興地跑出來唱快樂的歌——孩子們說。

學校旁邊那條坑內溪，平日輕輕緩緩如窈窕淑女，孩子們經常涉過她平靜的水流嬉戲；而大雨過後，她卻變成盛怒中的胖女人，吃太多又消化不良，黃黃濁濁的水呼滔呼滔往下游滾去。我們站在橋上傾聽她憤然的嚎啕聲，二年級的楚芸隨即發現那顆像只大碗盛滿白米飯的巨石被河水沖走了，這是她對這塊土地的記憶與想像，而大石頭被大水沖走的景象，正好讓孩子們能較確切地體會到急流的危險性而提高警覺。

其中有一段河床斜坡地，被湍流而逝的急水沖垮，柏油路底下露出一小塊被水掏空的險象，竹子傾圯下來，碎石子身不由己地被濁黃的溪流捲走。孩子們面對如此怵目驚心的景象仍未有太大的恐懼感，反而覺得新鮮。不過，這倒是一次很好的機會教育，我向孩子們解釋：「斜坡地垮了，竹子也倒了，顯然竹子的根扎得不深，如果房子蓋在這種斜坡地，一場大雨下來，很容易就崩垮了。你們看到一些山坡地種了很多竹林和檳榔，雖然好賺錢，可是房子塌了，住在屋裡的人被壓死，就算賺太多錢也沒有用，對不對？所以保持森林的原貌，或是種植扎根既深且抓地性強的大樹，才是水土保持的良方。」

這番話雖已是陳腔爛調，然而對於目睹小型坡地崩落的孩子而言，這項警訊應能令他們印象深刻。

在雨後的大自然中，我們一起用眼觀察天空的雲宛若一座灰色城市，用耳諦聽蟋蟀放大聲喉急切地嗡嗡叫，於是在孩子們的作文中看到：「竹子倒下來像一扇拱形大門；攀木蜥蜴跑出來慶祝雨停；河水的顏色變成巧克力牛奶；蟋蟀大聲喊救命，因為牠的家淹大水了……」可愛的描寫與聯想。

能夠擁有開放的自然環境供孩子們實地觀察，而不必讓孩子坐在教室憑空想像外面的世界，這對老師和學生都是一種福氣。

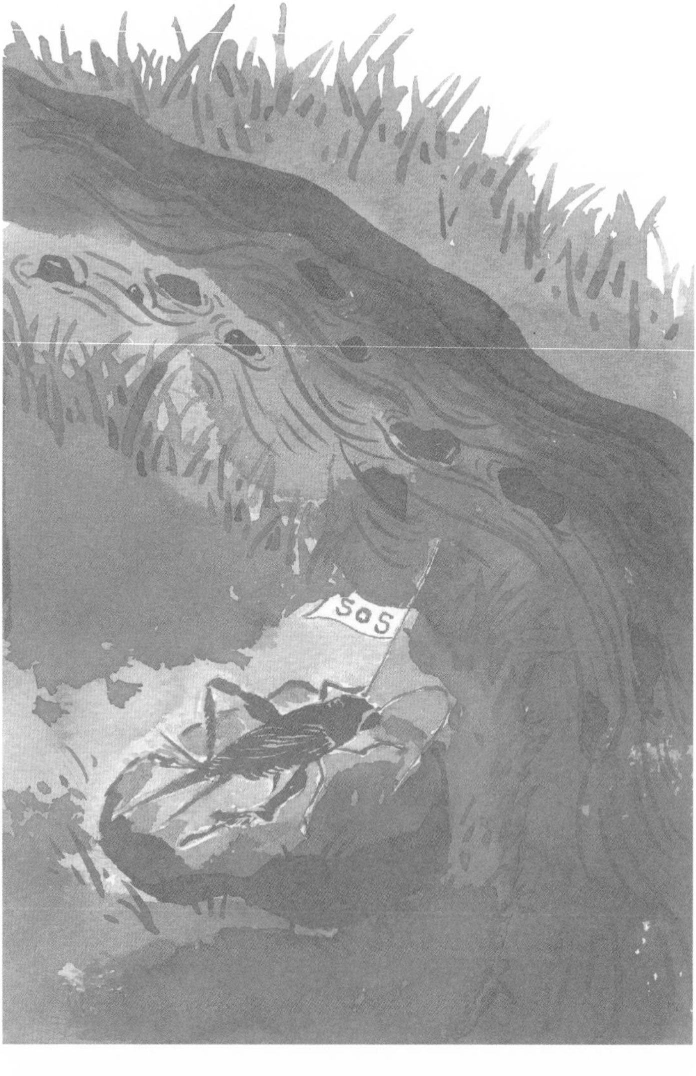
SOS

八代灣尋龜記

（一）

到蘭嶼來，親眼目睹綠蠵龜是一項意外的幸運收穫。

海洋大學的研究人員在蘭嶼觀測海龜已有兩個多月了。八月，母海龜上岸產卵的機率頗為頻繁，因為小海龜隨時有可能破殼而出，所以研究人員必須每隔一、兩個小時去沙灘巡視。

在蘭嶼綠蠵龜選擇上岸的地點，恰好是部落的墳場後面，懼怕惡靈的達悟族人很少涉足那裡，而且達悟族人沒有吃海龜或海龜蛋

綠蠵龜蛋如乒乓球大小，觸感頗為柔軟。

的習慣，所以增加了不少存活率。

當星光漫灑如墨的天幕之際，部落進入半睡半醒的寧靜，海洋大學的研究人員騎著摩拖車趕來通知我綠蠵龜上岸產卵的消息，我趕緊隨著他摸黑踏過馬鞍藤及碩大的石塊進入小八代灣的沙灘，不能打開手電筒必須摸黑的理由是怕干擾正在產卵的海龜。

晚上的沙礫被海風吹得冷冷涼涼，在小心翼翼的微弱燈光下，一隻背面黏有衛星發報器，像餐桌那般碩大的綠蠵龜出現在我眼

母綠蠵龜自深海
游向陸地，於凌
晨爬上岸產卵。

前。牠把自己安置在砲彈坑大的沙洞中，開始從產卵的半昏迷無警戒的狀態慢慢甦醒，牠已經下完六十幾顆蛋，並且用沙將圓桶狀的卵洞覆蓋好。我錯過了目睹那一顆顆據說似乒乓球大小白色皮革質的蛋自牠母體內擠出來的畫面。此時母龜正用前鰭緩慢而沉重地往後撥沙，牠似乎很累，撥兩下就得停半分鐘再繼續。當牠開始併用後鰭加快撥沙速度時，站在牠身後的我們，受不了劇烈的沙彈往身上撲濺的疼痛，便走到暗處，等待牠完成大約需要一、兩個鐘頭覆卵的動作。

海風吹得衣裳颯颯作響，眼皮重得只想躲進被窩裡，同伴們發現海平面似乎多了一塊大石頭，也許是另一隻海龜上岸產卵，我們不敢開燈確定。等了許久，沙沙聲已停止，我們跑去海龜產卵的地方，卻只剩一個大沙垜和連接到海潮處像單軌般的爬痕，方才那個突然出現的大石頭原來是牠離去的身影哪！

（二）

五十六天後我帶著學生們來到這座美麗的小島，趁著星光朦朧、大雨初歇的夜晚回到小八代灣，其實是沒有任何期待會看到海龜的，因為產卵的季節已過，而小龜孵化的時間又難掌握，我只是想實地演說那個愚蠢的夜晚。

當我正對著那垛沙坑及殘破的蛋殼開始解釋綠蠵龜的習性，走向沙灘盡頭的當地朋友傳來一個好消息——發現海龜的爬痕，那是介於我看過的小海龜及母海龜之間的爬痕面積。接著又傳來令人振奮的歡呼聲，發現一隻小綠蠵龜，表情嚴肅，殼似厚紙板的硬度尚未堅固，腳鰭底部有黑灰色的紋路，皮膚不似母龜那般粗糙多皺，大小如杯口般大，四肢鰭拚命左右上下划動，十分靈活。有了第一隻的鼓勵，我們開始用力拿手電筒搜索，並且小心腳下避免踩到纖弱的小海龜，總共找到了三隻，其他的小海龜不知是已游入海洋抑

或是被天敵所噬？小海龜的數量雖多，但天敵也不少，像螃蟹、蛇、海鳥、魚……都是，所以能夠存活下來的並不多。

原本我們想助小海龜一臂之力游向大海的懷抱，可是牠卻拚命回頭往岸上爬，不知牠是受到驚嚇亂了方寸，抑或是還不想入海？於是我們決定將牠帶回宿舍，明日清晨讓孩子們親身經歷海龜游向海洋的過程。

翌日清晨我們又回到小八代灣，漫天的烏雲露出一小方手帕般的藍天，真是令人雀躍的早晨。孩子們將小海龜放在被海水淘洗得發亮的石頭上，在眾人齊聲加油，萬分期盼的注目下，小綠蠵龜迅速地划動四肢游向閃著亮光鹹味濃重的海洋。當牠細緻的身體接觸到第一波海水時，我們響亮的歡呼聲傳上了天空。一道洶湧的浪潮打上來又退回汪洋，將小海龜送入海水的懷抱，我們仍戀棧不捨地追尋牠隨著透明波浪浮沉的黑色星星小點，一直到再也看不見。

驀然有些悵然，初生的小海龜才睜眼摸索這個渾沌陌生的世界，
便勇敢獨自游向浩瀚汪洋，當牠的身體接觸到藍色無垠的海底世界，
那一剎那，定是充滿了新奇和感動吧！
謝謝小海龜，讓我們陪牠展開生命的旅程。

他們喚我「泥泥」

長長夏季，學校外圍那條連接坑內溪及有機農田的野徑，不斷有螢火蟲提燈來造訪，燃亮寂寂夜空。雖然已看過螢火蟲無數次，但每年到了春暮夏初之際，依舊會迫不及待跑去看第一隻螢火蟲出現了沒。

今年五月，一個月明星稀的夏夜，我決定將這種個人的探險，擴大為全校性的夜間觀察活動，配合翌日螢火蟲生態介紹及為螢火蟲寫詩的課程。

雖然全校也不過十七個孩子，而住校生也只有十二個，加上我，綽綽組成一隻夜間探險隊了。出發前我將孩子分列兩行，交代幾項簡單的原則，便就著微弱的手電筒光束前進。學校周圍的路燈並不多，而那條螢火蟲野徑更是一絲文明的光線也沒有，只能依靠月光和手電筒來照路。

剛開始兩個一年級的孩子對於黑暗仍不適應，始終牽著我的手。不過，發現螢火蟲的藍光出現時，他們便興奮地鬆開我的手去追逐藍光。草叢裡藏著不少螢火蟲幼蟲發出的神祕微光，闃黑的夜空也不時閃現螢火蟲提著燈籠尋找女友的優雅身影。

這群孩子經常和我一起出野外，所以自然也形成一種默契，當藍光乍現時，孩子們自會彼此小聲提醒關掉手電筒或將光束朝向地面。想起去年我帶了一群都市小孩大聲嚎啕說怕黑，家長怒罵小孩沒有用，而其他受光干擾而看不見螢火蟲的人連連抱怨的情景，真是一場夢魘。

我們抓了幾隻幼蟲和成蟲，分辨牠發光的部位和外觀，我才發現這些孩子有的已住校半年、一年，甚至更久的，都不曾在夜晚走入這條野徑，更不曾如此仔細觀察一隻螢火蟲。

往後，當我獨自夜晚散步時，孩子們偶爾會要求與我偕行，而我們也一同增添了不少奇妙的記憶，例如：躲在竹葉裡睡覺的鵂鶹幼鳥，尚不太會飛，睜著大眼愣愣地看著我們，用手幾乎就可觸摸到牠。還有一隻固定入夜後停在校門口的電線桿上捕蟲的大卷尾，當牠迅捷地飛旋之後回到電線上興奮地擺動尾巴，而一改平時的端莊英挺之姿，我們便知道牠捕捉到食物了。還有等待一隻鳴聲單調而宏亮的小雨蛙出現，發現牠只有我的指甲一半大時的驚喜。還有很多很多……。

事實上，在分享大自然經驗的過程中，我和學生們已建立一種

「亦師亦親」的關係。於課堂中，我必須保持某種程度的嚴肅以維持上課秩序，而學生們也多能遵守我所規定的約束。然而下了課，他們卻不喚我「老師」而只喚我的名——「泥」，或取其諧音喚我「泥泥」、「小泥子」之類的綽號；孩子們總會迫不及待與我分享他們在大自然的各種發現，甚至主動分享他們這個年紀最重視的——零食。

我珍惜這種情分，也感謝大自然的賜予。

卷五

觀察一座城市

樹木聯繫著大地的生命，展閱大自然的寶庫，從認識一棵樹，學習和樹做朋友開始。當孩子和樹之間有了共通的情感，尊重生命也從此開始。

都市自然觀察——從一棵樹出發

當我要利用都市有限的自然資源，引領孩子進入自然觀察的門檻時，我總是從公園裡的一棵行道樹開始。

一棵樹的包容性之大，往往令人無法想像，即使是生態嚴重失衡的公園路樹，也不難找到依附樹木而居的許多生物，我舉幾個常見的例子：

一、**椿象：**又名「臭腥龜仔」，因為牠遭受外來侵擾時，會從臭孔分泌臭液來驅趕敵人。椿象的體背往往是一副色彩鮮明的面具圖案，也是用來嚇退敵人的。

通常我們會在黃昏時分看到牠將長長的針狀口器刺入樹幹中吸食樹液，夏季更常會發現交配中的椿象。有一次我們在一棵欖仁樹上總共發現七對新婚的椿象。有時還會看到數十隻交疊在一起求偶或護卵的壯觀場面。

如果你開始懂得自然觀察，你便經常有機會參加黃斑椿象的婚禮。

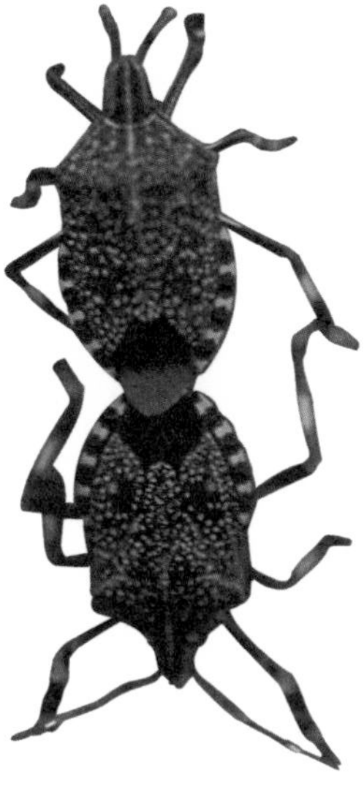

二、避債蛾：牠喜歡躲在枯枝結成的小窩裡，像躲避人家來討債似的，所以普遍稱為「避債蛾」。避債蛾的窩種類很多，有的大如核桃，有的細如橄欖子，有的還會用落葉裝飾門面。

公園中最常見的是細如橄欖子，外形與樹幹同色的避債蛾，這也是自然生物偽裝色的極佳典範。

三、蜂窩：常見的是數十隻胡蜂合力駐守的紙質蜂巢，還有袋蛉腹獨居蜂獨力完成掛在葉背如倒吊的迷你小杯的蜂窩。如果幸運還能找到黏附在樹幹上，像一只燒陶壺口往外翻的泥蜂窩。

通常我們都能極近距離觀察蜂窩，只要不刻意侵擾，都市中的蜂類都是挺溫和的。

翻翻葉背往往有令人意想不到的驚喜。像無柄茶壺頂端還開了一個蓋口的椿象卵，一次總能找到十幾個卵緊挨在一起。有時候是一粒晶瑩玉潤的豆天蛾卵。有時是一只鮮麗的蝶蛹，還有各色各樣的蝶卵、毛毛蟲……尤其是長長的夏季正是生命豐沛繁殖的時節，你總能從一棵行道樹發現更多的驚嘆號。

捲曲的葉子總是暗藏玄機。剝開來看，可能有隻蜘蛛被你魯莽的行為嚇得手足無措，也或許蜘蛛正護著牠的卵，那便怎麼也趕不走牠了。蛾的繭也常藏匿其中。還有「薊馬」專找桑科榕屬的葉子下手，把自己捲在裡頭大快朵頤。

大自然的生物非迫不得已才會攻擊人類，我們應學會如何與自然萬物和平共處。

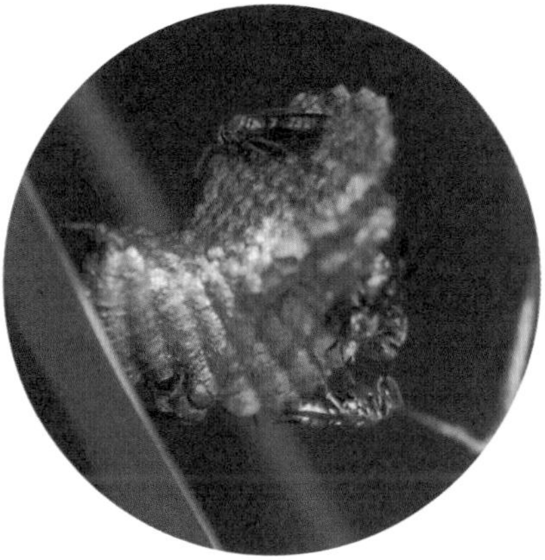

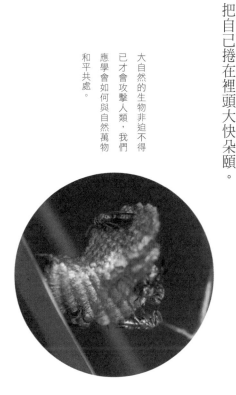

蟲癭種類繁多，造型皆很特殊。

除了這些洋洋灑灑的生命之外，倚賴樹木而生的還有不少害蟲。都市中常見的有讓葉子表面呈畸瘤狀的「蟲癭」，在葉面組織中挖走道的「潛葉蟲」（英文名字叫「葉子裡的礦工」），還有使葉片萎縮不能行光合作用的「介殼蟲」、「螺旋粉蝨」……。面對所有生物，不管對其有害或是無害的，樹木一概以寬大的心來包容，如同沉默地包容人類對它所做的各種傷害——人們不是常在樹幹上刻一些無意義的字或任意折其枝葉，甚至因人類之間的恩怨而剝其樹皮或焚燒其樹——這倒是題外話了。

每每經過一棵正結熟果的榕樹（泛指桑科榕屬的榕樹），我總愛揀拾落地的隱花果，探探有沒有幫它傳播花粉的共生小蜂住在裡頭。每一種榕樹都

真菌在生態上扮演分解者的角色，讓枯木、落葉回歸塵土，重新製造養分，大地因此生生不息。

有其特定的共生小蜂，這也是自然界奇妙的生態鏈之一。

下過雨後，從樹間或樹下冒出來各形各狀的蕈類，分解枯木成為大地的養分，也讓人充滿驚奇。

大自然以其生生不息的法則運行，生命的驚喜無所不在，只是遠離自然而居的都市人，往往不知開啟自然殿堂之門是如此輕易。

和樹交朋友

每一棵樹、每一種樹木，枝椏伸展的方式都不相同，有的姿態萬千，例如樟樹；有的筆直高大，例如黑板樹；有的像泰國舞者伸舉雙臂的姿態，例如細葉欖仁；有的像披頭散髮的魔女，例如榔榆。帶孩子來到樹下，除了認它的名，說它的故事以外，我總愛讓孩子們停一停，欣賞一下每一棵樹獨特的風姿；就像我們，也該經常停下來，欣賞每一個孩子與眾不同的肢體語言和性格。

每一種植物都有它獨特的氣味，有的芳香可人，例如黃連木的嫩葉有沙士味，稜果榕掉落的腐果聞起來有木瓜的香氣。有些植物的氣味卻十分嗆人，像福木的果實有瓦斯臭味，密毛蒟蒻的花有腐屍味，還有雞屎藤，全株充滿了糞臭味……。

我經常要孩子們在植物面前深呼吸，或者搓揉一片葉子，拾取一瓣落花來聞。另外，我還喜歡帶孩子們玩一種遊戲：拿長布將眼蒙起來，再去記住各種植物的氣味。等到取下長布以後，再一一去找尋記在腦海裡的氣味，是屬於哪一棵植物的哪一部分。

在遊戲的過程中，我看見孩子們努力的撿拾地上的落葉、碎花和腐果，認真辨識每一棵植物的特殊氣味，再與記憶中的氣味比對。這個時候，孩子與大自然的接觸又更親近了一大步。

從樹的名、樹的故事、樹的風姿和氣味開啟探索一棵樹的鑰匙以後，就要開始學習怎麼跟樹做朋友了。

我常常要孩子們在公園裡，選擇一棵與他投緣的樹。除了認識

它的俗名以外，自己再為那棵樹取一個名。為樹畫下素描，用手環抱樹測量樹圍，並且記錄樹的生長狀況，包括樹身的紋路，有沒有開花結果，以及葉子的變化，有沒有其他生物住在樹上……然後記下日期。

我鼓勵孩子們經常帶他的父母去看看他的樹。我會選擇另一個季節，再帶孩子們去觀察他的樹，有沒有長高、長粗了？葉子變老了嗎？還是又抽出新嫩的葉？住在樹上的朋友搬家了嗎？有沒有新的朋友搬進來？……然後為樹寫一首詩。

樹木聯繫著大地的生命，展閱大自然的寶庫，從認識一棵樹，學習和樹做朋友開始。當孩子和樹之間有了共通的情感，尊重生命也從此開始。

樹的語言

公園裡有一片高大的黑板樹林，我喜歡在有陽光的日子帶領孩子蒙上眼睛走過草皮，來到樹底下躺下來，睜開眼就會看見樹葉、雲朵，還有陽光篩落的影子手舞足蹈，像一群淘氣的孩子，熱情地向你訴說四季的故事。

樹看起來似乎是沉默無言的，其實它經常向人們傳遞豐富的語彙，只有懂樹，用心靈和樹交朋友的人才聽得見。

樹經常提醒我季節流轉的訊息，安全島上的羊蹄甲開成一片花林的時候，我就知道春意已開始爛漫了；當鳳凰花在城市的街道燒成一片火紅的花海，暑氣也開始熾豔了；當臺灣欒樹悄悄抽長金黃的小花，長出桃紅色的蒴果，就是告訴我秋意已十分了；當印度紫檀落盡了葉，光禿著枝椏的時候，那就是北風瑟瑟，嚴冬冷冽的時節，我也靜靜等待著春天的腳步走近。

校園裡的每一棵樹都掛著一張小卡片，那是樹向孩子們傾訴它的心情和故事，一棵鳳凰樹掛著的卡片寫道：

我喜歡孩子坐在我身上，
但是請不要搖我的手臂，
我會很痛。

另一棵楓香說的是：

我的葉子香香的，
秋天時會變紅，
我喜歡大家來看我。

還有一棵苦楝告訴孩子一個祕密——她的男朋友就是校門口旁的那棵阿勃勒。

後來，有一個學生告訴我，現在她都不敢再隨意摘下任何一片葉子，因為怕聽見樹木喊痛的聲音。

公園裡的榕樹，細瘦的枝幹被人掛上重重的秋千，孩子坐在秋千上盪得好高好遠，榕樹軟軟的枝幹和滿樹的綠葉也跟著抖哇！抖哇！榕樹「咿呀、咿呀」喊痛的聲音，盪秋千的孩子聽不見。

公園裡另外一棵老樹，因為在它周圍活動的人起了爭執，其中一方憤而剝光老樹的皮，老樹就只剩下光禿禿的枝椏伸向蒼穹，頑

鳳凰木以殷紅如血的
落花，感傷地告別這
一季的燦爛。

強的枯立著——老樹無奈的嘆息，剝掉樹皮的人也聽不見。

當我煩惱、悲傷的時候，我總會想走近一棵樹，走入一片樹林，聽聽風和樹的對話，還有輕快的鳥語，就像母親的歌聲一般撫慰我的心靈，讓我忘記原來的苦惱。

如果你也想聽見樹的語言，試著安靜地走到樹下，伸手觸摸樹，用身體擁抱樹，感覺那棵樹，甚至跟樹說說話……用心靈和樹交朋友，你就會聽見樹的低語。

上山種樹

我到野外去，除了收集種子之外還喜歡撿拾樹苗，我會先在野外挖一些土回來，再把樹苗栽種於花盆裡，如果有朋友要，我就送。

一回，我從葫蘆谷撿了二十多棵馬拉巴栗的樹苗回來（那裡每日有上百顆的馬拉巴栗及咖啡豆的種子萌芽），家裡的陽台有點擺不下了，我便決定把這些樹苗分送給學生，並安排一堂課帶他們上山去種樹。

種樹之前我先和孩子們分享一個「種樹的男人」的故事。故事的主人翁艾爾則阿・布非耶從五十三歲開始每日在荒地裡種下一百棵橡實的種子，經過三十二年，原本乾旱的荒地已變成青蓊的森林，乾涸的小溪也淙淙地流動，動物開始出現在森林裡，溪流裡也充滿生命，人們又回到村莊來居住（原本村莊裡只住了三個人），麥田、薄荷田、農夫和野餐的人為這片土地注入更鮮亮的色彩。這一個天堂樂園完全來自艾爾則阿・布非耶的賜予。

艾爾則阿・布非耶足足種了三十五年的樹。與孩子們分享他的故事，便是希望這次種樹對孩子而言只是個開始。

這次種樹的活動我邀請學生家長一同參與，主要是讓他們知道種樹的地點，以後可以常帶孩子上山為樹苗澆澆水，看看樹苗生長的情形。

種樹的地點我們選擇在半屏山，經過三十多年的濫採石礦，半屏山已有三分之一的面積變成禿山。我們先巡視之前在這裡栽種的

有陽光的親吻和雨水的滋潤，吉貝木棉的種子便開始生命的旅程。

樹苗，生長狀況都很不錯。來到半山腰，預定種樹的地點，我們帶來的樹苗有馬拉巴栗、台灣欒樹和波羅蜜（這兩樣是由種子培育而來的）。在種樹之前，我很誠懇地對學生說：「我曾經訪問過山腳下的村民，他們說在他們小時候，半屏山的樹還很多，台灣獼猴的數量和柴山差不多，松鼠、蛇啊！都常見到。但是水泥公司一直採礦，樹林不見了，動物也消失了，山腳下的村民也幾乎不再上山來了。現在你們種下手中的樹苗，便是創造一片森林的開始，還記得『種樹的男人』吧！你們要常常來看看你們的樹，替它澆澆水、和它說說話，它就會長得好。以後你們結婚生子，還可以帶你們的兒女、孫兒來看你們小時候種的樹呢！」

土很乾又堅硬，孩子們很賣力地挖，小心翼翼地植下樹苗，在它的周邊圍一些乾草保持水分，終於大功告成了。這次種樹的經驗對學生及學生家長都是難得而珍貴的。我們種下樹苗，同時也是種下對這塊土地的一點希望。

當平常假日鮮少出外遊玩的學生對我說他爸、媽週日要帶他去幫樹苗澆水，而且希望下次種的是他自己培育的樹苗時，我便知道這次種樹的收穫已經遠超過我原先所預想的了。

森林提供水源、新鮮空氣和涼蔭，還供給自然界的生物食物與居所，沒有森林，人類和其他生物都無法生存。

尋找城市中的一條河

（一）

我們都背過長江流經哪九省，也都知道黃河流域如何氾濫，但卻很少人知道我們平時喝的水來自何處，身邊的那條河又流經哪些地方。所以，我帶學生去高屏溪口看看高雄人喝的水源，是受到什麼樣汙染的戊等水。而每一期的自然觀察班，我也會安排連續的幾堂課，和孩子們一同重新認識蜿蜒高雄市區的愛河。

我們從中游出發往下游走，亦即由東邊往西邊走，一面比較河岸景觀的變化，一面了解愛河流經的每一座橋的歷史。

在中游部分，兩岸重金屬及木材工廠居多，有一段堤岸還被附近居民用來種菜，另有一番農園景致。

為戀人所歌頌的木棉，以一季璀璨的風華裝點春天的愛河畔。

愈往下游走，穿越市中心，河道變寬，兩岸的建築愈益高聳，車流絡繹不絕，愛河便自下游流入台灣海峽。

我通常會選擇黃昏時分帶學生到這兒，此時華燈初上，燈影倒映河面成一條條金色的水龍，高雄港停泊著一艘等待出海的軍艦，這般暮色最能讓人感受六、七〇年代，愛河畔遊人如織、情侶對對的景致。

我在這兒講述愛河的歷史，包括：端午節划龍舟；愛河遊船時期的觀光盛況；廟會請水儀式；鹽埕附近居民在曬鹽、農閒時到河中捕蝦蟹，成為另一種經濟收入；做錯事的小孩躍入河中游至對岸，便可躲掉父母的一頓追打；以及昔日木材業興盛之際，河中滾著連綴不斷的圓木；颱風天做大水時，小孩跳入河中搶救被沖走的木材賺零用錢……。我說得口沫橫飛，孩子們也聽得瞠目結舌，對他們而言，這些歷史陳跡都是一則則的神話了，只剩下眼前這條依然流動的河。

（二）

一個風和日麗的午後，我帶學生往愛河上游回溯，其中有一段是愛河目前僅存的自然河道。只可惜現在正大興土木，不久之後，這段唯一沒有水泥護堤的自然河道也將走入歷史。

記得有一回，我跟孩子提及愛河河畔原有很多紅樹林，底下還住著不少招潮蟹和彈塗魚，可是後來紅樹林都被砍光，而鋪上水泥護堤，成為現今的景觀。突然，有一個五年級的小男生滿臉疑惑地詢問我：「老師，那些決定砍掉紅樹林的政府官員們，難道都不知道紅樹林的重要嗎？」男孩的話讓我啞口無言。

老實說，活了近三十歲，對於政府的很多作為，我依然和這個十一歲大的孩子一樣，充滿疑惑和不解。

一座城市裡需要的是一條生態豐富，可以讓人們親水，可以承載童年歡樂記憶的清澈河流。而不是一條黃濁污臭的河川。

（典寶溪）

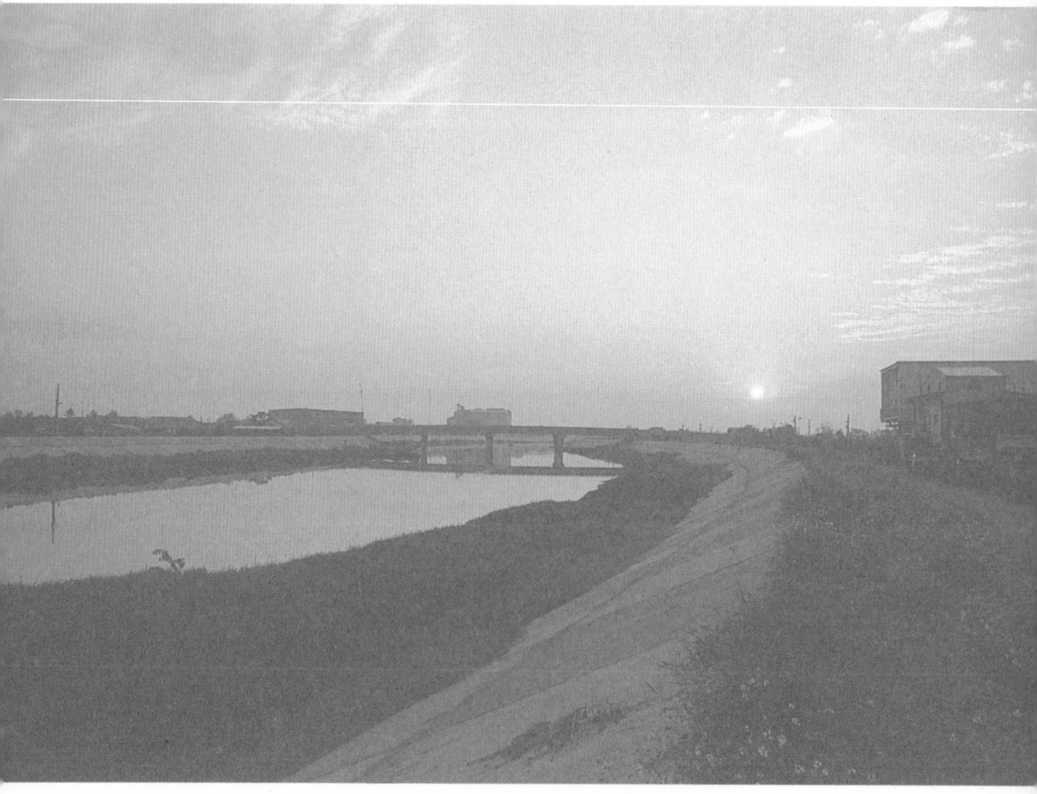

當車子穿過高雄市的交界，進入仁武區的八卦寮，我們便來到愛河的起點。

沿著八卦國小往下走，成千成百在休耕農田中啄食的麻雀群被我們驚飛而起，景象煞是壯觀。但是孩子們不禁感到納悶——愛河哪裡去了？當我指著他們腳畔這條不盈四尺寬的灌溉溝渠，要他們往回看時，孩子們方才恍然大悟，原來愛河的源頭並非高山闊水，而只是一條農田灌溉溝渠。這樣的出身，也算是愛河的一大特色。

最後，我們在教室裡攤開高雄市街道圖，循著這條橫過市區內的藍色水蛇，由下游往上游回溯，曾經走過的路，經過的每一座橋，沿途兩岸的景致變化，以及聆聽過的人文歷史，在孩子們的記憶裡，清清楚楚，深刻難忘。

從尋找城市裡一條河的過程中，我更加確定，歷史和地理這兩門科目的學習，是「走」出來的，而不是死背而已。

陪孩子一起走入自然

我站在雨豆樹下，看見陽光、樹葉和風像一隻隻頑皮的小精靈高興地跳舞，兩隻遠方的客人——紅尾伯勞各據一棵樹梢以鳴聲互相較勁，而女兒在大樹下睡得如此香甜，此刻便是我一天中最安適愜意的時光了。

我是對大自然極度渴望的人，我也希望我的孩子能在大自然的濡沐下健康地成長，所以女兒滿月後我就帶著她四處野遊，雖然女兒當時對於外在的事物尚無概念，但只要讓她嗅到綠樹的清香，吹

快樂的童年應該是充滿陽光、海風、沙灘、溪流的歌唱、泥土的芳香和森林的呼吸。（東部冬日休耕的稻田，開滿油菜花。）

拂到野地的氣息就夠了。很多學生家長總是這樣對我說：「當妳的小孩真幸福，妳會經常帶她去親近大自然，我們實在沒辦法，而且我們也不懂。」我心裡想，你為什麼不能？

大多數的家長寧願將假日放在看電視、睡覺甚至工作，也不習慣陪孩子出去玩，理由有千百種：太忙、太累、怕塞車、怕麻煩、不知去哪裡玩……。然而我認為真正的理由是「無心」——缺乏行動力。

我曾經針對五十名國中生做過問卷調查，其中只有九名一年和家人出遊十次以上，而一年出外郊遊三次以上的有十四名，而且還有九名的次數是零。另外有十九名的學生一星期補習六天以上，一週補習四、五天的也超過十個。這些國中生的生活與周遭的自然環境幾乎完全脫節，不僅小學學過的基本自然常識差不多忘得精光。更令我驚訝的是，他們連在他們南台灣的夏天花開得火紅的鳳凰木都不知曉！然而當我帶他們到野外去，看到他們對一隻椿象、一個蝶蛹、一朵野蕈，甚至一隻毛毛蟲都感到驚訝與好奇，並且還希望我能常帶他們出野外做自然觀察的熱切，與在課堂上所表現的冷漠有天壤之別。那正是孩子天生對大自然的一種嚮往，只是接觸的機會太少。

事實上，大多數的人都遠離自然太久了。陪孩子一起好好欣賞一棵樹，靜靜聆聽風和鳥鳴的協奏，你不必是什麼都懂的自然解說員，只是陪孩子一起分享，讓孩子的成長過程中多一些親山親水的記憶。

四歲的采悠兩天獨立走完全程來回廿七公里的瓦拉米步道。

樹的親密朋友

我曾經帶我的學生到一座公園裡，讓他們各自挑選一棵喜歡的樹木當做他們特別的朋友，並做一些簡單的記錄。例如：葉子的顏色、形狀；開花、結果的有無；花朵、果實的特徵；住在樹上的生物；測量樹圍……。我希望學生家長能經常帶他們的孩子到公園來看看他的樹，觀察它，甚至為它澆澆水都好。這樣不但能增進親子互動的機會，還能培養孩子對自然生命的細膩情感。

孩子把我曾教過他們的，或藉由他們敏銳的觀察力所發現的新

事物，主動與家長分享，若能獲得父母的讚美與肯定，無形中便能提高孩子的興趣與自信。

只可惜學生家長在這方面還是做得太少。

五個月後我又帶同樣的這批學生來到這座公園。這期間他們幾乎都不曾再回到這座公園來，孩子們都記得他們的朋友在哪裡，我要他們再去做一次觀察，看看樹木有什麼變化？住在樹上的房客搬走了沒？又多了哪些新房客？樹的周圍有沒有什麼不一樣的地方？……

怡雅驚訝地跑來告訴我，她的樹變

瘦了，不知為何事傷心而瘦，她要祝它趕快胖起來。

瑞芸覺得她的欖仁樹旁的一枝香和孟仁草，好像守衛一樣護著她的樹。楊燁發現他的欖仁樹旁的兔兒草開了一朵燦爛的小黃花，美極了。當我和他分享花兒的美之後，正要離開去看看其他孩子的觀察情形，楊燁卻跑來告訴我，我剛才踩到兔兒草了。我只好請他代我向兔兒草說抱歉，我不是故意的。

在分享觀察心得時，呂謙說他的樹被人砍傷了好幾處，椿象也不見了，他覺得很難過，樹還告訴他不要破壞大自然。楊蒨的欖仁樹發了很多新嫩的綠葉，她覺得很高興。鳳庭說她的破布子葉上的蟲癭都不見了，葉子也變新綠了，她覺得破布子變健康了。彥義的楓香流出樹脂，他覺得他的樹遭到危機。鳳真說好久不見，好像跟老朋友見面一樣高興。修鳴還很驚喜地從他的楓香找到七、八處剛發的嫩芽。……

我們不斷地從每個孩子的分享中感受到驚奇和喜悅。從他們的表現，我也看出孩子們不僅對自然萬物產生好奇和感情，也有了愛護與尊重之心。

未來的歲月，我將持續地陪伴孩子們，來看樹朋友的春夏秋冬。

再見，城市野地

城市野地裡有一群羊，不是關在柵欄中不可親近的，而是在草地上恣意奔跑、遊戲、吃草的山羊。

去年暑假我不斷帶學生們到城市的野地看羊、追羊。首先，我們必須穿過一片長得比人還高的田青林，在翠綠的田青葉上總是會有許多瓢蟲、毛毛蟲、蜘蛛、泡沫蟬……豐富的生命等待我們發現。野地裡布滿馬鞍藤和鬼針草，我們循著地上的蹄印尋找羊群的蹤跡，粉蝶和蜻蜓在花叢間流連飛舞，羊群中混雜著灰的、黑的、米白，雄赳赳的公羊、未長大的小羊兒，還有孩子們最愛的長鬚老山羊，看見我們一律以注目禮來迎接我們這群不速之客。

這群在城市中生長的孩子，大多是第一次看到羊，而且還是野放在大自然中的羊群，個個興奮地像隻第一次外出覓食，看見滿樹碩果的小松鼠。孩子們強捺住興奮的心情，躡手躡腳噤聲踏過刺棘的鬼針草叢，只想觸摸到在陽光底閃閃發光的羊毛，可惜羊群始終和我們保持一段距離，讓我們無法一親「羊」澤，然而這些都市小孩在城市的野地，與一群活脫脫的大型哺乳動物相遇的經驗，卻是深刻難忘的。

在追羊的過程中，也喚醒了孩子們心中對大自然野性的嚮往與渴望。憤怒的公羊鬥角，未長角的小羊兒玩耍的可愛，還有羊群浩浩盪盪奔跑過草原的身影，都讓我們念念不忘。

當秋天過去，暑假結束了，野地的田青漸成枯槁之時，那一片

充滿羊糞與羊的蹄印的草原卻也被鏟除精光，只剩下禿裸的碎石地，聽說那裡將成為台汽客運的停車場。

草原消失了，羊兒也不見了，荒涼的城市野地只留下去年暑假那一段陽光下的閃亮記憶，讓人深深懷念。

在追求文明過程中，城市野地愈見荒蕪，鳥語不再、花香已杳，只剩下荒涼和孤寂。

國家圖書館出版品預行編目資料

大自然嬉遊記 [最新彩圖版] ／洪瓊君著. - 二版. - 台中市：晨星，2016.05

256面； 公分，——（自然公園；048）

ISBN 978-986-443-117-5（平裝）

1.自然保育 2.生態旅遊

855 105002193

自然公園 48

大自然嬉遊記 [最新彩圖版]

作者 洪瓊君
攝影 洪瓊君、陳國芳
內頁插圖 符寧馨
主編 徐惠雅
校對 徐惠雅、洪瓊君
美術編輯 王志峯

創辦人 陳銘民
發行所 晨星出版有限公司
台中市407工業區30路1號
TEL：04-23595820 FAX：04-23550581
E-mail：service@morningstar.com.tw
http：//www.morningstar.com.tw
行政院新聞局局版台業字第2500號
法律顧問 陳思成律師
初版 西元1999年2月28日
二版 西元2016年5月10日

郵政劃撥 22326758（晨星出版有限公司）
讀者服務 （04）23595819＃230
印刷 上好印刷股份有限公司

定價380元

ISBN 978-986-443-117-5
Published by Morning Star Publishing Inc.
Printed in Taiwan

◆讀者回函卡◆

以下資料或許太過繁瑣，但卻是我們瞭解您的唯一途徑，

誠摯期待能與您在下一本書中相逢，讓我們一起從閱讀中尋找樂趣吧！

姓名：＿＿＿＿＿＿＿＿ 性別：□ 男 □ 女 生日： / /

教育程度：＿＿＿＿＿＿＿

職業：□ 學生 □ 教師 □ 內勤職員 □ 家庭主婦

□ 企業主管 □ 服務業 □ 製造業 □ 醫藥護理

□ 軍警 □ 資訊業 □ 銷售業務 □ 其他＿＿＿＿＿＿

E-mail：＿＿＿＿＿＿＿＿＿＿ 聯絡電話：＿＿＿＿＿＿＿＿

聯絡地址：□□□＿＿＿＿＿＿＿＿＿＿＿＿＿＿＿＿＿＿

購買書名： 大自然嬉遊記 [最新彩圖版]

· 誘使您購買此書的原因？

□ 於＿＿＿＿＿書店尋找新知時 □ 看＿＿＿＿＿報時瞄到 □ 受海報或文案吸引

□ 翻閱＿＿＿＿＿＿雜誌時 □ 親朋好友拍胸脯保證 □＿＿＿＿電台 DJ 熱情推薦

□電子報的新書資訊看起來很有趣 □對晨星自然FB的分享有興趣 □瀏覽晨星網站時看到的

□ 其他編輯萬萬想不到的過程：＿＿＿＿＿＿＿＿＿＿＿＿

· 本書中最吸引您的是哪一篇文章或哪一段話呢?＿＿＿＿＿＿＿＿＿＿

· 請您為本書評分，請填代號：1. 很滿意 2. ok啦！ 3. 尚可 4. 需改進。

□ 封面設計＿＿＿＿ □尺寸規格＿＿＿＿ □版面編排＿＿＿＿ □字體大小＿＿＿＿

□ 內容＿＿＿＿＿ □文 / 譯筆＿＿＿＿ □其他建議＿＿＿＿

· 下列書系出版品中，哪個題材最能引起您的興趣呢?

台灣自然圖鑑：□植物 □哺乳類 □魚類 □鳥類 □蝴蝶 □昆蟲 □爬蟲類 □其他＿＿＿＿

飼養&觀察：□植物 □哺乳類 □魚類 □鳥類 □蝴蝶 □昆蟲 □爬蟲類 □其他＿＿＿＿

台灣地圖：□自然 □昆蟲 □兩棲動物 □地形 □人文 □其他＿＿＿＿＿＿＿＿

自然公園：□自然文學 □環境關懷 □環境議題 □自然觀點 □人物傳記 □其他＿＿＿＿

生態館：□植物生態 □動物生態 □生態攝影 □地形景觀 □其他＿＿＿＿＿＿＿＿

台灣原住民文學：□史地 □傳記 □宗教祭典 □文化 □傳說 □音樂 □其他＿＿＿＿＿

自然生活家：□自然風DIY手作 □登山 □園藝 □觀星 □其他＿＿＿＿＿＿＿＿

· 除上述系列外，您還希望編輯們規畫哪些和自然人文題材有關的書籍呢?＿＿＿＿＿

· 您最常到哪個通路購買書籍呢? □博客來 □誠品書店 □金石堂 □其他＿＿＿＿＿

很高興您選擇了晨星出版社，陪伴您一同享受閱讀及學習的樂趣。只要您將此回函郵寄回本社，或傳眞至（04）2355-0581，我們將不定期提供最新的出版及優惠訊息給您，謝謝！若行有餘力，也請不吝賜教，好讓我們可以出版更多更好的書！

· 其他意見：＿＿＿＿＿＿＿＿＿＿＿＿＿＿＿＿＿＿＿＿

晨星出版有限公司 編輯群，感謝您！

請填妥對折裝訂，直接投郵即可，免貼郵票

廣告回函
台灣中區郵政管理局
登記證第267號
免貼郵票

407
台中市工業區30路1號
晨星出版有限公司
＊贈書洽詢專線 04-23595820#112

請沿虛線摺下裝訂，謝謝！

晨星自然回函有禮，好書寄就送！

只要詳填《大自然嬉遊記》回函卡寄回晨星，並附寄60元回郵（工本費），自然公園得獎好書《在鯨的國度悠游》馬上送。

定價：200元

晨星自然

天文、動物、植物、登山、生態攝影、自然風DIY……各種最新最夯的自然大小事，盡在「晨星自然」臉書及晨星出版網站star.morningstar.com.tw，歡迎您加入！

晨星出版官網

晨星出版有限公司 編輯群，感謝您！